Petra Fastermann

AF194083

Umziehen
Reisen
Besuchen

©2018 Petra Fastermann

Herstellung und Verlag:
BoD – Books on Demand, Norderstedt
ISBN 9783752823165

Foto des Buchumschlags: Petra Fastermann
Umschlaggestaltung: Petra Fastermann

Der Meckerer

Meckern und nörgeln, Recht haben, auf jeden Fall: nichts machen und trotzdem besser sein als andere

Das Nörgeln und Kritisieren fällt ihm sehr leicht. Auffällig ist dabei, dass er selbst nicht viel leistet, aber zu allem eine Meinung hat, die er niemals für sich behält. Stets ist er der Überzeugung, etwas „klipp und klar" sagen zu müssen: „Ich sage es Ihnen klipp und klar!" – Missverständnis ausgeschlossen. Diese Meinung fällt in der Regel so aus, dass er etwas zu bemängeln hat. Es lässt sich immer etwas finden. Statt selbst durch große Taten zu beeindrucken, beschäftigt der Meckerer sich damit, die Leistungen anderer sorgfältig zu untersuchen – und überlegt dabei angestrengt, was er daran kritisieren kann. Bei bereits Geschaffenem Fehler zu finden ist keine große Kunst, da selten beim ersten Versuch alles hundertprozentig gelingt. Selbst etwas zu schaffen aber ist dem Meckerer unmöglich. Zum einen ist er nicht kreativ, zum anderen wäre jedes Tun ein Wagnis, weil die Möglichkeit des Scheiterns niemals ausgeschlossen werden kann. Es besteht das Risiko, dass etwas schief gehen könnte. Wäre der Meckerer überhaupt in der Lage etwas zu leisten, hätte er einmal eine Idee, so würde er nicht wollen. Auf gar keinen Fall möchte der Meckerer eigenverantwortlich etwas tun, weil er weiß, dass er auf diese Art eine Angriffsfläche bieten könnte. Andere jedoch, die etwas leisten oder erschaffen, können mit dem Meckerer rechnen. Sie dürfen fest auf ihn zählen, denn ganz sicher ist: Der Meckerer hätte es besser gemacht. Sein Leben ist durch den Konjunktiv bestimmt. Alles, was sein könnte oder hätte geschehen können, prägt sein Leben.

Wenn ihm etwas nicht gefällt – und es liegt in seiner Natur, dass das immer so ist – dann ist der Meckerer der Ansicht, dass ein unbekannter „Jemand" etwas gegen den Missstand unternehmen sollte: „Da müsste doch mal jemand ...", denkt er einen Gedanken an. Und nicht zu Ende. „Da sollte doch mal einer ...", schlägt er eilig und engagiert vor. Aber weiter spricht er nicht. Nur auf die Idee, dass er, der Meckerer, derjenige sein könnte, der handelt, kommt er nie. Warum sollte er sich um etwas kümmern, wenn es doch genügend andere Leute gibt, die eine unerfreuliche Sache in die Hand nehmen, ein dummes Problem lösen könnten? „Damit kann ich jedenfalls nicht dienen," meint der Meckerer. Das Dienen ist sowieso nicht seine Sache. Heiliger Strohsack, denkt er sich, wo käme er da hin, wenn er allen nur Gefallen täte? Er kann doch nicht das ganze Leid der Welt stemmen und sich mit jedem Unglück beschäftigen! Ist es etwa seine Schuld, dass die Steuern zu hoch sind und die Vereine verzweifelt nach Ehrenamtlichen suchen? Wo sollte man da anfangen? Eines aber weiß der Meckerer ganz genau: „Ich sag euch mal ganz ehrlich: Das Ende vom Lied ist, dass ich es wieder für alle anderen ausbaden muss!" Es müsste aber wirklich mal etwas geschehen, meint der Meckerer.

Trotzdem er selbst keine Belege für eigene Leistungen erbringen, keine Zeugen für seine großen Taten benennen könnte, hat der Meckerer eine hohe Meinung von sich. In diesem Punkt lässt er sich nicht beirren! Der Meckerer, das muss an dieser Stelle erklärt werden, ist geschlechtsneutral. Er kann sowohl männlich als auch weiblich sein. Wir haben ihn lediglich der Einfachheit halber „der Meckerer" genannt, weil es unserem Gefühl entsprechend phonetisch schöner klingt als „die Meckerin".

Prahlerisch – ganz so, als habe dies jemals durchaus im Rahmen des Denkbaren gelegen und er habe nur aus Bescheidenheit nicht nach all dem gegriffen, was ihm so geboten wurde und worauf er durchaus Anspruch gehabt hätte – heißt es: „Ich hätte ja auch Bankdirektor werden können." Ganz klar und über jeden Zweifel erhaben kann jeder, der gerade Lust darauf hat oder dem zufälligerweise der Sinn danach steht, zum Bankdirektor ernannt werden. Wenn er nur sein Interesse daran bekundet. Wie es der männliche Meckerer offenbar nicht getan hat, aber getan haben könnte. So einfach ist das.

„Ich hätte ja auch einen Arzt oder Anwalt heiraten können", erzählt dem neidisch staunenden Publikum der weibliche Meckerer. Gab es wirklich zahlreiche Bewerber zur Auswahl, die gern ihr Geld und Ansehen verheiraten wollten, wahllos und ganz zufällig – ohne irgendeine Gegenleistung zu erwarten, ganz ohne Anspruch an jenen weiblichen Meckerer, der sich aus Bescheidenheit und Menschenfreundlichkeit offenbar für die zweite Wahl entschieden und einen minderwertigen Versicherungsvertreter geheiratet hat? Für diesen jedenfalls gibt es tagaus, tagein von den verpassten Chancen seiner Meckerer-Ehefrau zu hören, die niemals müde wird zu erzählen, wie viel besser sie es beim Heiraten hätte treffen können.

Für den Fall, dass irgendwer glauben sollte, diese Angaben grundsätzlich als bloße Behauptungen in Frage stellen zu müssen, steigert sich beim Meckerer sehr leicht die Gereiztheit.

Der Meckerer arbeitet in ordentlicher, aber untergeordneter Position in einem Büro. Weder ist er Bankdirektor geworden, noch hat er einen Anwalt geheiratet. Er ist Bürokaufmann, und er ist sehr froh darüber, dass es in der gleichen Position mehrere Kollegen und Kolleginnen gibt, denn auf diese Art wird nicht nur die Arbeit geteilt. Das besonders Angenehme für den Meckerer ist daran, dass er in der Menge von Kollegen untergehen und damit die Verantwortung teilen kann. Teilen möchte er diese nicht wirklich, sondern lieber anderen komplett zuweisen. Zwangsneurotisch lässt der Meckerer durch die dauernde Lautstärke dessen, was er meint sagen zu müssen, die gesamte Umwelt an der eigenen, niemals als solche wahrgenommenen Bedeutungslosigkeit teilhaben. Das laute Sprechen soll die Wichtigkeit des Gesagten erhöhen. Dem Ende eines jeden Satzes schickt er ein Lachen nach, ohne dass überhaupt etwas des zuvor Gesprochenen andeutungsweise lustig gewesen sein muss. Es ist ein nervöses, falsches Lachen. Mit dem meckrigen, seine eigenen Aussagen bestätigenden Lachen will der Meckerer gefallen und sich gern gesehen machen. Natürlich sind die eigenen Witze die besten, und wenn der Meckerer einen Witz erzählt, lacht er selbst am lautesten darüber, bevor überhaupt ein Zuhörer Gelegenheit gehabt hat, die Pointe zu begreifen. Beim Lachen ist der Meckerer nicht sparsam.

Beflissen, in rechthaberischem, teilweise gar aggressivem Ton geriert sich der Meckerer am Telefon und zeigt allein durch die Tonlage, dass er Ahnung hat: „Ja, ganz richtig. Okay. Genau. Ganz genau." Weil er nichts zu sagen hat, verspricht er, sich mal schlau zu machen. Das ist am sichersten, weil er auf diese Weise nicht in Vorkasse treten muss. Mit großer Gewissheit kann der Meckerer annehmen, dass eine Angelegenheit sich oft von selbst erledigt, wenn er dem anderen in Aussicht stellt, sich erst einmal schlau zu machen. Schlau macht er sich dauernd, obwohl er grundsätzlich bereits unvorstellbar schlau ist. Schlau wie ein Fuchs! Gelegentlich gibt er dem Gegenüber ein gutes Gefühl, und zwar mit einem das Gespräch abschließenden: „Super! Alles klar!" Das signalisiert positive Ermunterung und gegenseitiges Einverständnis. „Stimmt's oder hab ich Recht?," fragt meckrig lachend der Meckerer und weiß dabei genau, dass alle anderen im Unrecht sind. Wichtig ist aber, dass er sich selbst so weit wie möglich zurücknimmt, um am Ende mit getroffenen Entscheidungen nichts zu tun zu haben. Das gelingt ihm sehr geschickt. Bis der Meckerer sich schlau gemacht hat, haben längst andere die Entscheidungen getroffen und die damit verknüpfte Verantwortung übernommen – Dinge, die dem Meckerer ein Gräuel sind! Aber kaum dass etwas entschieden wurde, kann der Meckerer wieder kritisieren und erklären, wie er alles besser angefangen hätte, wenn die anderen ihn nur gelassen hätten. Während er sich schlau machte, war die Sache längst von anderen entschieden. „Nicht zum Besten wurde entschieden! Das muss ich noch mal laut und in aller Deutlichkeit und Öffentlichkeit sagen!", klagt nachträglich der Meckerer. Frech wagt er es zu lügen, indem er hinzufügt:

„Aber unsereins wurde ja nicht gefragt." Aus Erfahrung weiß der Meckerer, dass niemand dies richtig stellen wird, nachdem das Kind sowieso schon in den Brunnen gefallen ist.

Der Meckerer ist sehr vorsichtig. Sollte es durch ein Versehen von ihm dazu kommen, dass er einen Entschluss fassen und sich zu diesem bekennen muss, beugt er schnell etwaigen Missverständnissen, insbesondere, was potenzielle Schuldzuweisungen betrifft, schon im Vorfeld vor: „Das ist wirklich eine Unverschämtheit! Ehrlich, das Allerletzte! In keinem Fall kann ich die Verantwortung dafür übernehmen! Das geht nicht auf meine Kappe", stößt er zwischen zusammengepressten Lippen hervor. In empörtem Ton, sein von Panik verzerrtes Gesicht verbergend. Noch ist nichts passiert, aber sicher ist sicher! Sollte einmal etwas nicht zu Gunsten des Meckerers ausgehen, dürfen im Voraus alle bereits zur Kenntnis nehmen, dass doch beim Meckerer – bitte schön! – mit der Schuldsuche gar nicht erst begonnen werden darf.

In der Regel befindet der Meckerer sich in einem Zustand maximaler Unzufriedenheit. Er ist aber nicht bloß unwillig, sondern ebenso wenig im Stande, genau zu erklären, was ihn stört und warum. Es ist eben einfach so. So zieht er es vor, das Gleiche mindestens dreimal konsequent laut zu sagen: „Ich sag einfach mal, das ist so nicht zu machen. ... Ich hab doch gesagt, dass das so nicht zu machen ist. ... Muss ich immer dreimal sagen, dass es einfach nicht zu machen ist?" Durch konsequente Wiederholung soll dem Gegenüber klar werden, dass es im Unrecht ist und der Meckerer im

Recht. Oft hat der Meckerer mit dieser simplen Methode Erfolg.

Die Weltlage, sich für den Meckerer darstellend in dem Mikrokosmos seines kleinen Büros und dem, was darin passiert, ist verständlicherweise kaum auszuhalten. Der Meckerer spricht gern in Superlativen, um das ganze Unglück zu beschreiben. Manchmal ist er so erregt, dass er Superlative erfindet, die es grammatisch gar nicht gibt, zum Beispiel sagt er oft, dass seiner Einschätzung nach stets das „Schlimmstmöglichste" eintrete. Auch nicht schlimm, wenn er derjenige ist, der etwas zum ersten Mal so beschreibt. Denn so schrecklich wie jetzt ist es gewiss nie gewesen, da müssen neue Superlative her. Es ist am fürchterlichsten, am unerträglichsten, am unglaublichsten, am grauenhaftesten, einfach von quälender Hässlichkeit und Schäbigkeit, überhaupt das Letzte – steigerbar nur noch durch das Allerletzte. So werden beim Austausch ödester Banalitäten vermeintlich schwer wiegende Ereignisse geschaffen. Soll mal bloß keiner denken, das Leben sei leicht!

Anderen nichts gönnen – außer Schaden

Es gibt eine Geschichte über einen Bauern. Da fragt Gott den Bauern, was der sich wünsche. Der Bauer freut sich. Denn Gott verspricht, dass, ganz gleich, was der Wunsch sei: Er soll dem Bauern erfüllt werden. Der Bauer freut sich noch mehr, bis er die eine Bedingung erfährt, die mit der Wunscherfüllung verbunden ist. Egal, was der Bauer sich wünscht: Der Nachbar wird das Doppelte davon bekommen. Also verlangt der Bauer, dass ihm ein Auge ausgestochen werde. Dieser

Bauer ist wie der Meckerer. Anderen mag er nichts Gutes gönnen.

Von Zeit zu Zeit aber geschieht es sogar, dass der Meckerer sich ein wenig freuen kann. Das ist in der Regel so, wenn andere einen Schaden erleiden. Schadenfreude ist für ihn die schönste und die einzige echte Freude, die er ausleben kann. Geht etwas für andere schlechter als erwartet aus, genießt es der Meckerer und äußert dies mit der Feststellung, das Ganze „echt zum Piepen" zu finden. Das können Kleinigkeiten im Büro sein. Zum Beispiel so etwas: Irgendwann gewinnt der Meckerer den Eindruck, dass die Schreibtischlampen im Nebenbüro neuer sind als die in seinem. Das erzeugt beim Meckerer schlechte Laune. Außerdem hat er im angrenzenden Büro auf einem Schreibtisch eine Vase entdeckt und ist nicht sicher, ob diese der Kollegin privat gehört oder ob die Firma die Vase beschafft hat. Er ärgert sich und fragt erst einmal laut seinen Bürokollegen: „Warum haben diese Damen nebenan eine Vase auf dem Tisch? Die sind wirklich immer mit allem Pipapo ausgestattet. Unsereins hingegen hat nicht einmal eine ordentliche Schreibtischlampe!" Der Meckerer ist neidisch. Obwohl er gar keine Vase im Büro haben möchte und Blumen darin seiner Meinung nach erstens nach zwei Tagen stinken, ihn zweitens stören und drittens von der Arbeit ablenken würden, ärgert es ihn, dass andere mehr haben als er. Wie groß aber ist die Schadenfreude, wenn endlich die Vase herunterfällt. Da liegt sie auf dem Boden. Kaputt. In tausend Scherben. Und diese Damen haben nun keine Vase mehr und dürfen dazu noch den Dreck aufkehren. Solche Momente ausgelebter Missgunst erfüllen den Meckerer. Seine

Schadenfreude geht so weit, dass er sich selbst über den Schaden und das Leid von Menschen freuen kann, die er gar nicht kennt. Wenn er in der Zeitung liest, dass ein wegen Steuerhinterziehung gefasster Manager eine Haftstrafe dafür verbüßen muss, freut er sich darüber. „Die Kleinen fängt man, die Großen lässt man laufen. So läuft es doch normalerweise", meint der Meckerer. Umso größer ist deshalb seine Genugtuung, wenn ein „hohes Tier" gefangen und verurteilt wird. Trotzdem fällt dem Meckerer, kaum dass er sich an der Vorstellung des Schadens des verurteilten Managers gelabt hat, gleich wieder meckernd pessimistisch ein: „Der wird doch sicher nicht mal einen Bruchteil seiner Strafe absitzen müssen." Erfährt der Meckerer aus dem Lokalteil der Zeitung, dass am Wochenende in seiner Stadt ein Bürger nachts im Park beraubt und verprügelt worden ist, erfüllt ihn sogar das mit Zufriedenheit. Selbst schuld, wer nachts allein im Park herumläuft, denkt sich der Meckerer. Besoffen war der Typ sicher auch noch. Der Meckerer kennt kein Mitleid außer Selbstmitleid. Auf seine Schadenfreude angesprochen, kann er daran nichts Falsches finden. Er versteht seine Gefühle so, dass er eben über ein ausgeprägteres Gerechtigkeitsempfinden als andere Leute verfügt. Weil er eben besser ist.

Um dazuzugehören und sich nicht auszugrenzen, achtet der Meckerer darauf, wie die meisten sprechen und passt dem, was aktuell sprachlich Mode ist, seine eigene Sprache an. Es kann geschehen, dass er dabei übertreibt, aber das gehört dazu, denn schließlich muss es bei ihm immer mehr sein als bei anderen. Weil die schlechter sind als er. Wenn bei einem Gegenüber, dem der Meckerer gefallen oder das er auf seine Seite ziehen will, in jedem zweiten Satz der Höhepunkt einer Aktion mit „und das Geilste ist ..." angekündigt wird, dann muss der Meckerer in jedem Satz davon sprechen. Weil er doppelt so gut ist. So erzählt er von einem Nachbarn, dem das Auto gestohlen worden sei, „und das Geilste ist: Er hatte es nicht einmal abgeschlossen. Und jetzt stell dir vor: Das Geilste ist, dass der auch noch geglaubt hat, die Versicherung kommt für den Schaden auf. Das ist wirklich das Allergeilste", ruft er hämisch und befriedigt. Das Geilste ist, wenn so etwas anderen passiert und der missgünstige Meckerer sich daran erfreuen kann.

Sich immer wieder schlau machen

Am Arbeitsplatz des Meckerers läuft alles nach dem täglich gleichen Prinzip. Er ist froh, wenn es eine Routine gibt, an der er sich orientieren kann. Es ist angenehm, sich an etwas ganz genau zu halten und außerdem leicht, Abweichler festzustellen, die das nicht tun. Und diese natürlich entweder zu kritisieren oder gern beim nächsthöheren Vorgesetzten zu denunzieren. Denn dadurch, dass er merkt, was andere falsch machen, zeigt der Meckerer, dass er etwas richtig macht. Je genauer der Ablauf festgelegt ist, desto besser. Den Ball auffangen, den Ball wieder zurückspielen. Das soll bedeuten: Einer führt die Arbeit fort, erledigt sie nicht komplett, sondern führt sie eben nur fort und lässt den nächsten weitermachen. Mit dem Ballauffangen handhabt der Meckerer es ähnlich wie mit dem Sichschlaumachen. Ungern fängt er den Ball auf, aber manchmal muss es eben sein, weil kein Weg daran vorbeiführt und es unangenehm auffiele, wenn er den Ball einfach fallen ließe. Sehr schnell spielt er den Ball zurück, auf dass dieser – zusammen mit der endgültigen Verantwortung – schnellstmöglich wieder im Feld des anderen liege. Gelegentlich gibt er sich gern überlegen, indem er sich zum einen bereit erklärt, eine Aufgabe zu übernehmen, und zum anderen darauf folgend in aller Bescheidenheit vorgibt, das sei keine große Sache für ihn gewesen. Das heißt dann: „Keine Panik! Sag ich mal!" Oder ganz lakonisch und überlegen, als sei ein Meckerer ein Freund der großen Taten, aber der großen Worte nicht: „Kein Thema!" Aber das nur, wenn ganz sicher von vornherein anzunehmen ist, dass alles gut ausgeht. Sonst heißt es sofort, variabel ängstlich-aggressiv bis weinerlich-aggressiv: „Das soll der auf seine Kappe nehmen! Ich meine, das ist nicht mein Bier. Das ist dessen Bier!" Mein Bier, dein Bier, sein Bier – die Hauptsache bleibt, es ist nicht des Meckerers Angelegenheit.

Anweisungen zu geben und Aufgaben zu verteilen ist für den Meckerer ein Spaß, solange er nicht für das Ergebnis verantwortlich zeichnen muss. Er redet gern überlegen: „Pass auf! Du machst das so ..." Dabei stellt er jedoch sicher, dass seine Anweisungen stets vage und wenig konkret sind, damit der Auftragnehmer sich auf nichts berufen kann. Dem Dienstranghöheren wird servil und mit vorgetäuschter Souveränität die eigene Bereitschaft, Entschlossenheit und Befähigung zum Handeln verdeutlicht: „Ich habe soeben veranlasst, dass dies und jenes erledigt wird!" „Ich persönlich habe dafür gesorgt, dass die Sache in Ordnung geht." Dass es sogar „ich persönlich" ist, scheint eine Steigerung von „ich" zu sein. „Ich habe die Angelegenheit gerade klargemacht." So zu reden, das geht wie Honig runter! Da ist der Meckerer obenauf und fühlt sich gut.

Manchmal versucht der Meckerer den Eindruck zu erwecken, er sei kollegial. Das äußert sich zum Beispiel darin, dass er über einen Kollegen zum anderen sagt: „Der ist mit Vorsicht zu genießen!" Was sich zunächst nur anhört wie ein guter Tipp oder eine freundliche Alarmierung vor Gefahr, dient allein dem Selbstschutz des Meckerers. Denn der Meckerer warnt vor allen, von denen er meint, dass sie ihn beobachten und in seinem Wesen entlarven könnten. Nur diese Leute sind „mit Vorsicht zu genießen" und werden vor gutgläubigen Kollegen schlecht gemacht. Mit diesen kühl kalkulierenden Hinweisen schlägt der Meckerer zwei Fliegen mit einer Klappe: Diejenigen, die von ihm vermeintlich kollegial gewarnt werden, werden ihn schätzen und mögen. Umso weniger werden sie diejenigen mögen, vor welchen der Meckerer warnt. Sollten diese einmal den Meckerer als heimtückisch, hinterlistig und böse öffentlich entlarven, werden die Gutgläubigen das nicht glauben wollen. Denn der Meckerer hatte sie ja lange im Voraus schon vor denen gewarnt, welche „mit Vorsicht zu genießen" sind.

Genießen und feiern

Wenn schon vom Genießen die Rede ist: Das Essen in der Kantine schmeckt dem Meckerer selbstverständlich nie, und außerdem sind die Portionen sowieso viel zu klein. Für den Geschmack des Meckerers jedenfalls, „und die Wahrheit wird man wohl noch sagen dürfen", findet der Meckerer. Seiner Einschätzung nach ist die Kritik berechtigt. Schließlich bezahlt man für das Essen, und das nicht zu knapp. Mit „man" meint der Meckerer, auch für seine gesamten Arbeitskollegen zu sprechen, obwohl einige das Kantinenessen ganz gern mögen. Aber sicher ist sicher, denn der Meckerer möchte nicht, dass jemand auf die Idee käme, seine Meinung sei nicht von allen geteilt. „Es geht hier schließlich nicht allein um meine Wenigkeit", stellt er fest. Und fährt fort: „Man muss sich nicht alles gefallen lassen, und das Essen ist wirklich eine Zumutung." Genau befragt, was an den Speisen grundsätzlich missfällt, weiß der Meckerer keine Antwort. Dementsprechend hat er keinen Vorschlag dazu, wie das Essen optimiert werden könnte. Verdächtig ist, dass es nicht einzelne Mahlzeiten sind, deren Mängel der Meckerer benennen kann, so dass vielleicht das Fleisch zu fett oder der Broccoli grau zerkocht sei. Aber wenn er nicht grundsätzlich etwas zu beklagen hätte, wäre er nicht der Meckerer. Deshalb kann ihm nicht geholfen werden, und es ist sehr un- wahrscheinlich, dass die Kantinenmahlzeiten eines Tages dem Geschmack des Meckerers entsprechen werden – und in jedem Fall werden die Portionen zu klein sein.

Gelegentlich gibt es kleine Feiern im Büro. Dazu wird meist Sekt getrunken. Einige trinken, bis die Laune auf dem Höhepunkt ist, andere warten, bis die Stimmung kippt. Ganz unmöglich findet es der Meckerer, dass manche saufen und danach noch Auto fahren. Nur dann hat der Meckerer den Leuten nichts vorzuwerfen, falls er sie selbst einmal dringend braucht. Das bedeutet, dass er eine Ausnahme machen kann, wenn ihn einer der Kollegen nach der kleinen Feier nach Hause bringen soll. Wenn zum Beispiel jemand nur zwei oder drei Gläser Sekt getrunken hat, darf der den Meckerer gern noch mit dem Auto nach Hause fahren. Denn der Meckerer trinkt selbst recht gern, und er trinkt erheblich mehr als nur zwei oder drei Gläser

Sekt. Wenn der Sekt nicht der billigste und der Meckerer eingeladen ist, darf es auch ruhig mal eine ganze Flasche sein. Ob es schmeckt oder nicht, ist dabei nicht so wichtig. Bedeutend ist bloß, dass es ein teurer Sekt ist, den der Meckerer trinkt und den ein anderer bezahlt. Wem zum Wohle? Ist egal. Der Meckerer ist ganz gut ans Trinken gewöhnt, denn er besitzt sowieso keinen Führerschein. Nach dem Feiern ist er folglich darauf angewiesen, dass ihn ein Kollege heimfährt. Dass der, welcher ihn chauffiert, bei einer Kontrolle durch die Polizei seinen Führerschein sicher los wäre, interessiert den Meckerer nicht. „Ist schließlich dessen Problem, wenn der besoffen Auto fährt", findet der Meckerer. Obwohl der Meckerer – wenn er nach Bürofeierlichkeiten einen kostenlosen Heimtransport benötigt – angetrunkenen Kollegen rücksichtslos einredet, sie seien noch nüchtern genug, um zu fahren, kann der Meckerer sich am nächsten Tag im Büro daran angeblich nicht mehr erinnern. Das jedenfalls behauptet er. Niemals habe er einen Angetrunkenen dazu überredet, sich hinter das Steuer zu setzen. Im Gegenteil: Bei der Arbeit kann der Meckerer kein Ende damit finden zu erzählen, wie der angetrunkene Kollege des Meckerers Leben aufs Spiel gesetzt habe. Sein eigenes und das des unschuldigen Meckerers noch dazu, obwohl dieser niemals betrunken Auto fahren würde, wenn er überhaupt einen Führerschein hätte. Vollkommen rücksichtslos und fahrlässig sei der betrunkene Kollege gefahren. So einem müsste sofort der Führerschein abgenommen werden! Wenn der Meckerer gewusst hätte, dass der schon drei Gläser Sekt getrunken hat, hätte er sich niemals zu dem ins Auto gesetzt! So einer gehört eigentlich hinter Gitter. Der Meckerer ist doch nicht lebensmüde! Nun, nichts für ungut. Der Meckerer macht noch eine Art Witz, um das Thema vermeintlich versöhnlich abzuschließen: „Wenn ich ein Auto hätte mit so einem Navigationssystem, dann wäre die Frau, die den Weg ansagt, die einzige Frau, auf die ich überhaupt hören würde." Ein paar Kollegen lachen gereizt oder gefällig, manche gar nicht. Die, welche nicht lachen, sind jedoch aus Sicht des Meckerers nur die dümmsten Tussen oder schwul. Alle wissen, dass der Meckerer kein Auto hat. Die Behauptung, dass die weibliche Stimme eines Auto-Navigationssystems die einzige Frau wäre, deren Rat er anzunehmen bereit wäre, macht den Meckerer stolz. Den Ausspruch hat er mal bei einem belauschten Gespräch aufgeschnappt. Das Verhalten hält der Meckerer für sehr männlich. „Aber jetzt genug mit Autofahren, etc. pp.," sagt der Meckerer: „Ende im Gelände. Irgendwann muss auch mal mit der Arbeit angefangen werden. Der Chef bezahlt euch ja nicht fürs Nichtstun!"

Reisebekanntschaft

Wenngleich die Bahn selbst damit bereits geworben hat: Wer genießt schon das Reisen in vollen Zügen? Jeder, der sich auf der Schiene einigermaßen komfortabel fortbewegen will, reserviert sich lange im Voraus einen Platz, um nicht stehend oder im Gang auf seinem Gepäck sitzend transportiert zu werden. Nicht alle denken so vorausschauend. Manch einer möchte sich einfach nur das Geld für die Reservierung sparen oder glaubt, einen Fernreisezug am Montagmorgen außerhalb der Ferienzeit zu nutzen, berge nicht das Risiko, am Ende sitzplatzlos auszugehen.

So erlebte das Folgende kürzlich erst eine Frau mittleren Alters – also circa vierzigjährig – welche an einem Montag eine etwa vierstündige Reise auf einem reservierten Fensterplatz im Großraumwagen allein antrat. Diese Frau heißt Brigitte, was für ihre Generation ein selten gewählter Vorname ist. Brigitte reserviert immer ihren Sitzplatz im Voraus, weil sie keine Risiken eingehen möchte. Besonders stark strengt sie sich an, einen Platz im Abteilwagen zu vermeiden, weil sie sich dort sehr wahrscheinlich mit vielen Menschen extrem knappen, sogar abgeschlossenen Raum teilen muss. Anders als im Großraumwagen, wo nur eine Person unmittelbar neben einer anderen Platz findet. Wer Glück hat, bei dem bleibt der Nachbarplatz sogar frei, weil ihn niemand reserviert hat und der Zug nicht allzu voll wird – eben an solchen Tagen, und diese gibt es auch, an welchen die Fahrgäste nicht dazu gezwungen sind, das Reisen in den vollen Zügen zu genießen.

Ein solcher Tag aber sollte dieser Montag für Brigitte nicht werden. Direkt bei Reiseantritt stellte sie fest, dass der Platz neben ihr zwar noch nicht unmittelbar, aber immerhin ab einem Bahnhof, der ungefähr auf der Hälfte ihres eigenen Reiseweges lag, reserviert war. Das bedeutete mindestens, so hoffte sie, zwei Stunden angenehmer Fahrt ohne einen Sitznachbarn mit Eigengeruch oder eifrig und laut genutztem Telefon, den sie bitten müsste, aufzustehen, um selbst zur Toilette oder zum Mülleimer zu gelangen. Das bedeutete gleichfalls, dass niemand ihr ein Gespräch aufdrängen würde. Damit sich keiner ermutigt fühlte, sich auf dem noch leeren Sitz neben ihr niederzulassen, platzierte Brigitte dort augenblicklich ihre Jacke, auf dass der Platz besetzt aussehe und jeder, der ihn zu belegen wünschte, sie zunächst darum bitten müsste, die Jacke zu entfernen.

Anders als von ihr erwartet, füllte sich der Zug schnell. Das war sehr ungewöhnlich für einen Montagmorgen im Fernreiseverkehr. Das hieß Gefahr für den freien Platz, und angewidert überlegte sich Brigitte, dass es nicht mehr lange dauern würde, bis jemand sie dazu auffordern würde, die Jacke wegzunehmen. Brigitte stellte sich die übelsten Szenarios vor: ein Elternteil mit brüllendem Kleinkind, ein älterer Mensch mit ausgeprägtem Mitteilungsbedürfnis, eine alkoholisierte und/oder aggressive Person – gleich, welchen Geschlechts. Mit jedem zurückgelegten Fahrtkilometer wurde sie sicherer, dass es bald so weit sein würde, dass einer der Fälle, die sie sich vorstellte, eintrat. Schlecht gelaunt überlegte Brigitte, was sie dagegen unternehmen oder wie sie dem wenigstens vorbeugen könnte. Unternehmen ließ sich nichts, denn um den freien Platz bei Bedarf nicht abzugeben, hätte Brigitte ihn vorher kaufen müssen. Ihr kam die Idee, dass sie den Sitzplatz einem reisenden Geschäftsmann anbieten würde, der erheblich älter wäre als sie selbst. Auf Grund seines Alters würde er sich nicht persönlich geschmeichelt fühlen. Weil er dienstlich unterwegs wäre, würde er augenblicklich ein paar Arbeitsunterlagen oder zumindest eine Zeitung hervorholen und diese schweigend lesen, bis er genötigt würde, den nach halber Strecke von einem anderen Fahrgast reservierten Sitzplatz aufzugeben. Ein Mann müsste es sein, weil Brigitte unterstellte, dass eine Frau eine geringere Hemmschwelle als ein Mann hätte, einer fremden Frau ein Gespräch aufzudrängen. Brigittes Laune wurde besser.

Der Zug hatte bereits zweimal angehalten und war bedenklich voller geworden, als endlich als passender Kandidat ein seriös gekleideter Geschäftsreisender einstieg, der dringend einen Sitzplatz zu suchen schien. Unbeholfen einen Rollkoffer mit der linken Hand am Griff festhaltend, in der rechten die Aktentasche, schaute er orientierungslos in alle Richtungen, um ringsum nur die über den Plätzen befestigten Reservierungskärtchen vorzufinden. Der Zeitpunkt, ihn anzusprechen, war günstig. „Hier ist noch ein freier Platz, falls Sie möchten," rief Brigitte mit künstlich freundlicher Stimme dem älteren Herrn zu, den sie auf mindestens Ende fünfzig schätzte. Lieber sollte der neben ihr sitzen als alle anderen, die sie sich vorgestellt hatte. Der sah gepflegt aus, auf den ersten und sogar den zweiten Blick wenigstens nicht wie jemand, der lästig oder unangenehm werden könnte.

Der Mann, der wie Brigitte fast bis zur Endstation reisen wollte, freute sich sehr über das Angebot, zumindest die Hälfte der Strecke sitzen zu dürfen. Enthusiastisch und begeistert, wahrscheinlich nicht zuletzt etwas geschmeichelt, zeigte er sich darüber, dass er nicht einmal nach dem Sitzplatz hatte fragen müssen. Still und bescheiden setzte er sich und zog aus seiner Aktentasche ein paar dienstlich aussehende Unterlagen hervor, in die er sich vertiefte. Brigitte nahm es zufrieden und erleichtert zur Kenntnis. So konnte sie in Ruhe ihr Buch weiterlesen. Ein einziges Mal musste Brigitte, die am Fenster saß, Kontakt zum Nachbarn aufnehmen: Weil sie sich im Zugrestaurant einen Kaffee kaufen wollte, bat sie den Mann darum, sie vorbeizulassen.

Nach ungefähr zwei Stunden hatte der Zug den Halt erreicht, an welchem für den Mann das Risiko entstand, wegen einer Reservierung seines Platzes verwiesen zu werden. Lärmend stieg eine Schulklasse ein, welche sofort die letzten freien Plätze belegte. Der Mann erwartete nervös, den Rest der Reise bald stehend verbringen zu müssen. Dadurch entwickelte sich ein Gespräch mit Brigitte, die ihm mitfühlend Mut zusprach. Es sei immerhin möglich, dass niemand den Sitzplatz in Anspruch nehmen werde. Vielleicht habe derjenige, der den Platz reserviert habe, seine Pläne geändert oder sei aus irgendeinem Grund nicht in der Lage, die Reise anzutreten. Und so ergab es sich: Niemand kam und der Mann durfte bleiben. Mit diesem für den Geschäftsmann sehr positiven und für Brigitte ziemlich positiven Verlauf war eine Art Vertrautheit zwischen den beiden entstanden. Der fremde Reisende begann von früheren Fahrten mit der Bahn zu erzählen, bei welchen er ohne Sitzplatz gereist sei. So führte er das Gespräch über das Bahnfahren fort, das er vorher schon begonnen hatte. Plötzlich fand Brigitte dies erfreulich, weil sie sich auf einmal für den Rest der Reise unterhaltsame Entspannung mit einem gebildeten Menschen erhoffte. Auf Reisen sollte sich vergnügte Heiterkeit einstellen, sie wollte sich ein wenig amüsieren. Warum nicht etwas hören, das irgendein Fremder zu erzählen hatte, den sie nie wiedersehen würde? Brigitte war auf dem Weg in einen kurzen Urlaub in den Süden des Landes. Sie wollte eine alte Freundin treffen. Das war etwas anderes, als sich auf einer Dienstreise zu befinden und jede Minute angespannter seinem Ziel entgegenzufahren.

Diese Freude über das Gespräch war nur von kurzer Dauer. Sehr schnell fand Brigitte den Mann nervend, weil sie merkte, dass er ihr imponieren wollte. Brigitte schätzte, dass ihr Mitreisender fast zwanzig Jahre älter war als sie und ihr mit seinen Angebereien suggerieren wollte, dass er eigentlich jünger sei als er aussehe. Brigitte beeindruckte das nicht. Sie nahm den gesamten Menschen plötzlich als sehr unangenehm wahr. Erzählte der Sitznachbar zunächst nur von seinem Besuch bei den gerade vergangenen Olympischen Spielen, wo er sich als Zuschauer bei diversen Wettkämpfen vergnügt habe, wenn er nicht gerade Zeit damit verbracht habe, sich auf einer Yacht oder beim Golfspielen zu entspannen, so fügte er später hinzu, in seiner Jugend gar selbst in einer Mannschaftssportart an der Olympiade teilgenommen zu haben. Obwohl der Mitreisende sich als Herr von Welt ausgab, war Brigitte sofort sein provinziell wirkender Dialekt aufgefallen. Wenn er nach eigenen Angaben so bedeutend und vermögend war, fragte sich Brigitte, warum fuhr er dann in der zweiten Klasse ohne Sitzplatzreservierung? Aber sie unterbrach ihn nicht, sondern ließ ihn weiter von sich erzählen. Von olympischen Erfolgen des Mannes kam die Rede auf ein Hobby, das, wie sich schnell herausstellte, beide Reisenden verband: das Jagen. Während Brigitte nur Gelegenheitsjägerin war, behauptete der Mann, über eine eigene Jagd einschließlich Jagdaufseher zu verfügen. Zum Beweis dafür, dass er zumindest in Bezug auf das Jagen kein Hochstapler war, zeigte er Brigitte die Waffenbesitzkarten, in denen seine zahlreichen Gewehre verzeichnet waren. Um dies zu überbieten, begann der Mitreisende, der sich namentlich nicht vorgestellt hatte, Anekdoten aus seinem seiner Einschätzung nach spannenden Leben zu erzählen. Brigitte hatte mit einem kurzen Blick auf die Waffenbesitzkarten sehen können, dass er den Vornamen Wilfried trug. Das Ende von Wilfrieds Kurzgeschichten war bei allen gleich: Stets schnitt er äußerst günstig ab und ging als Sieger aus jeder anfänglich noch so verfahren scheinenden Situation hervor. So sehen also Sieger aus, dachte Brigitte hämisch. Wenn Willfried kein Siegername war. Oder war das Siegfried? Brigittes Laune wurde wieder schlechter. Die Anekdoten des Wilfried-Nachbarn fand sie lahm. Zum Beispiel hielt Wilfried ein Flughafenerlebnis für interessant: Da habe man ihn doch einmal wegen leerer Patronenhülsen im Gepäck festnehmen wollen. Er habe gar nicht gewusst, dass sich diese in seiner Tasche befanden und ebendies deshalb zunächst abgestritten. Eine an sich wenig aufregende Geschichte, welche darin eskalierte, dass er augenblicklich Herr der Lage geworden sei und die Situation geklärt habe. Er schien anzunehmen, dass derlei die jüngere Frau beeindruckte, und nahm nicht wahr, dass diese keine Zeichen von Begeisterung zeigte. Brigitte wartete lange auf die Pointe, bis sie feststellte, dass die Anekdote bereits zu Ende erzählt war. Der Inhalt der Geschichten war genauso öde wie sie vorgetragen wurden. Wilfried konnte nicht gut erzählen. Brigitte hatte keine Lust mehr, ihm zuzuhören. Er sprach unverdrossen weiter. Brigitte musste nichts sagen. Allein ihr Gegenüber berichtete ohne Pause ausführlich von sich selbst. Wilfried konnte es nicht leiden, wenn ihn jemand bei seinen Erläuterungen unterbrach. Schließlich wollte er den Faden nicht verlieren. Er nahm an, dass die schweigende Frau seinen Ausführungen lauschte. Ihre Meinung interessierte ihn nicht, weil er auch so sicher war, dass er einen guten Eindruck machte.

Beruflich selbständig sei er, unabhängig eben, anders sei ein Arbeiten für ihn kaum mehr denkbar. Selbständigkeit in einem angesehenen Beruf, so erklärte Wilfried, das verstand sich für ihn von ganz allein: Abhängig von ihm seien andere, denn er bestimme über das Schicksal einiger Mitarbeiter. Eine größere Anzahl Mitarbeiter sei das schon, die von ihm abhängig seien, das wolle er in aller Bescheidenheit nur kurz zum Ausdruck bringen. Was er genau beruflich mache, könne er nicht sagen, erklärte Wilfried, ohne dass Brigitte ihn danach gefragt hatte. Er tat geheimnisvoll, um dadurch interessanter zu wirken. Brigitte rief sich in Erinnerung, dass die Tätigkeit offenbar nicht lukrativ genug war, um mit dem Gewinn daraus einen Fahrschein erster Klasse oder auch nur eine Reservierung in der zweiten Klasse der Bahn zu bezahlen.

Während er leidenschaftlich von sich selbst erzählte, hatte Wilfried das Gefühl, dass man einander nun genügend vertraut war. Deshalb wurde er leutseliger und ging zum indirekten „du" über, obwohl sie sich immer noch nicht einander vorgestellt hatten: „Komm, das kann mir keiner erzählen, dass die Polizei irgendwann mal richtig durchgreift! .... Aber mach selbst was, und es gibt ´ne Anzeige wegen überzogener Notwehr. Da kannste nichts machen." Es war keineswegs so, dass er Brigittes Meinung zur Autorität der Polizei oder seinen eigenen Versuchen zur Selbstjustiz hätte hören wollen. Brigitte hätte auch nicht die geringste Lust gehabt, eine solche Diskussion mit Wilfried zu führen, aber dass sie indirekt geduzt wurde, nahm sie als sehr unangenehm wahr.

Zudem wurde Wilfried zunehmend körperkontaktfreudiger. Auf der kurzen Strecke, die er mit Brigitte reiste, stellte diese fest, dass er mit einem Male beim Sprechen heftig zu gestikulieren begann, was zuvor wohl nicht notwendig gewesen war. Dadurch ergaben sich scheinbar unabsichtliche Berührungen, die in ihrem Vorsatz aus Brigittes Sicht jedoch mehr als eindeutig waren und darauf abzielten, physisch Kontakt zu ihr herzustellen. Sehr plötzlich war der zuerst seriös wirkende Geschäftsmann gar nicht mehr zurückhaltend und ging ganz aus sich heraus. Viermal hintereinander zählte Brigitte vermeintlich zufällige Berührungen am Oberarm, einmal sogar am Knie. Auch fiel ihr auf, dass Wilfried mittlerweile breitbeinig saß und ihr kaum mehr Platz ließ. Er drängte Brigitte nahezu in die Ecke, indem er ihren Sitzplatz halb mitbeanspruchte. So würde ein verliebtes Pärchen sitzen, das nicht nahe genug beieinander sein konnte. Aus

Wilfrieds Perspektive sah die Situation normal und natürlich, eben ganz zufällig aus. Niemals wäre er auf den Gedanken gekommen, er sei ein Belästiger. Brigitte fragte sich, warum dieser Mensch überhaupt nicht wahrnahm, wie er wirkte. Sie glaubte, diese Ignoranz auf einen Generationenkonflikt zurückführen zu müssen.

Schließlich fiel ihr ein, dass sie vom Zweck ihrer Reise sprechen könnte, um den aufdringlichen Wilfried zu ernüchtern. In diesem Moment war ihr bereits klar, dass dies dringender und notwendiger wurde, wenn sie sich die mit großer Sicherheit erwartete Frage nach ihrer Telefonnummer oder den Vorschlag zu einem Treffen in naher Zukunft ersparen wollte. So behauptete sie, sich am Ziel mit einem Mann treffen zu wollen, mit welchem die Urlaubsreise fortgesetzt werden sollte. Allerdings habe sie insgesamt sogar zwei Wochen Urlaub. Diese erste Woche werde an der See verbracht. Danach reise sie wieder zurück, dorthin, wo sie wohne. Von da aus gehe es am nächsten Tag direkt weiter. In die Berge. Mit einem anderen Mann. Ja, bitte sehr! Das möge Wilfried sich einmal vorstellen: dass es Männer im Überfluss in Brigittes Leben gab. Reisen mit verschiedensten Freunden konnte sie, zur Auswahl gab es genügend. Seine von Brigitte erhoffte Erkenntnis sollte sein: Sie hatte nun wirklich nicht auf ihn gewartet und brauchte ihn nicht. Das sollte er denken, der ältere Herr, der sich als so unzuverlässig erwiesen hatte, indem er, statt seine Zeitung zu lesen, versucht hatte, auf eine Verabredung hinzuwirken. Ansatzweise begriff Wilfried die Ablehnung und stellte seine körperlichen Annäherungsversuche augenblicklich ein. Am Zielbahnhof angelangt, verabschiedeten sich zwei Reisende in freundlichem Einverständnis, nahezu so, als hätten sie nichts weiter getan, als ein unverfängliches und angenehmes, das Reisen bereicherndes Gespräch zu führen.

Ganz hatte Wilfried die Hoffnung noch nicht verloren: Zum Abschied überreichte er Brigitte seine Visitenkarte, auf der nichts weiter als sein Name und seine Adresse vermerkt waren. Falls sie einmal seine Hilfe brauche, rein dienstlich, das verstand sich von selbst. Denn Wilfried war ein erfolgreicher Geschäftsmann. Immerhin das müsste sie wohl verstanden haben. Und ob sie ihn nicht doch noch einmal dringend brauchen werde – wie wollte sie das heute schon wissen? Sie dürfe ihn jederzeit gern anrufen.

Auf Wiedersehen dann! Keine weitere Erklärung oder Ausflucht in peinlich gequälten dürren Worten notwendig. Noch auf dem Weg aus dem Bahnhof heraus warf Brigitte die Visitenkarte in den nächsten Abfallbehälter.

Ein Haus von 1909

Wir wollten gern umziehen, hatten damit aber keine dringende Eile, weil wir in Düsseldorf in einer Eigentumswohnung lebten, die wir bereits vor zehn Jahren abzuzahlen begonnen hatten. Verschiedene Immobilien sahen wir uns zusammen an, aber wir fanden keine, die uns gleichzeitig gefiel und im Rahmen unserer preislichen Vorstellungen lag. Edward aber gab nicht auf und hat am Ende ein altes Haus in Krefeld gefunden. Als ich mitkomme, um dieses anzusehen, sind wir uns sofort einig: Dieses soll das Haus sein, in dem wir wohnen wollen. Nachdem wir jahrelang in kleinen Stadtwohnungen gelebt haben, stellen wir uns vor, dass wir die nächsten Jahre in einem eigenen, nach unseren Vorstellungen eingerichteten großzügigen Haus verbringen wollen. Uns ein Haus in Düsseldorf zu kaufen hätte unsere finanziellen Möglichkeiten weit überstiegen. Das Haus, in dem wir wohnen möchten, befindet sich in Krefeld-Uerdingen. Für Edward ist das günstig, weil es seinen bisherigen Arbeitsweg erheblich verkürzen wird. Auch sonst spricht aus unserer Sicht sehr viel für Uerdingen: Bis 1929 war Uerdingen eine eigene Stadt, bevor es mit Krefeld fusioniert wurde. Heute ist Uerdingen einer von mehreren Stadtteilen Krefelds, aber dadurch, dass es einmal eine eigene Stadt war, ist es über Jahrhunderte wie eine Stadt gewachsen und hat sich mit allem, was zu einer Stadt gehört, entwickelt. Und so bietet sich eine idyllisch-dörfliche Rheinnähe, die bisher zu unserer Freude sogar an Wochenenden touristisch recht wenig erschlossen ist. Zugleich befindet sich eine kleine Infrastruktur in unmittelbarer Umgebung unseres neuen Hauses. Gerade das ist uns bei der Haus-Auswahl wichtig: Dass wir auch Bäcker und

Lebensmittelgeschäfte und nach Möglichkeit eine Post in unserer Nähe haben und dass es nicht nötig ist, erst weitere Wege in Kauf zu nehmen, bloß um morgens zum Frühstück ein Brötchen zu kaufen. Uerdingen bietet uns genau das, was wir wollen. Jedenfalls: Was wir jetzt wollen, nachdem wir beide über vierzig Jahre alt sind und es für uns nicht mehr von höchster Bedeutung ist, mitten in der Großstadt zu wohnen. Neben dem Haus, das wir kaufen wollen, gibt es in großer Menge schöne alte Häuser, die von den Luftangriffen des Zweiten Weltkriegs weit mehr verschont worden sind als die in der näheren Umgebung oder anderen nahen Städten wie Duisburg oder Wesel. Die St.-Peter-Kirche, von der wir unser Haus kaufen, wurde in der Uerdinger Bombennacht zwischen dem 22. und 23. August 1943 von einer Brandbombe getroffen. Dabei wurde das Kirchenschiff völlig zerstört. Unser Haus aus dem Baujahr 1909 hat den letzten Krieg recht unbeschadet überstanden. Wie wir beim Entkernen feststellen, blieb es dabei aber nicht vollkommen unversehrt. Vermutlich im Zweiten Weltkrieg muss es einen Treffer gegeben haben, bei welchem zwei Holzbalken anbrannten. Noch heute ist der Bunker unter unserem Haus in dem Zustand erhalten, wie er im Krieg ausgesehen haben muss. Die damaligen Bewohner des Hauses konnten so Zuflucht in ihrem eigenen Bunker finden. Andere Uerdinger Bürger mussten einen Platz in dem im Herbst 1942 fertig gestellten Betonbunker suchen, der rund 250 Meter von unserem Haus entfernt errichtet wurde. Dieser war zwar darauf ausgerichtet, mehr als 3.000 Personen Schutz vor den Bomben zu bieten, aber es sollen im März 1945 sogar 5.000 Menschen versucht haben, ihr Leben in diesem Bunker zu retten. An den großen Betonbunker erinnert heute nichts mehr: Der Uerdinger Bunker wurde 2008 abgerissen – zusammen mit einigen ihn umgebenden Gebäuden: einer Schule, einem Feuerwehr- und einem alten Bahnhofsgebäude. Heute steht an der Stelle unter anderem ein großes Einkaufszentrum.

Uerdingen und das Haus in der Augustastraße

Das Haus, das wir zu zweit in der Uerdinger Augustastraße kaufen, hat sich im Jahr 1909 ein Herr Kaufmann bauen lassen. Laut Grundbuchauszug war er beim Gericht angestellt. Viel mehr haben wir über den ersten Eigentümer und damaligen Bauherrn nicht herausfinden können. Die Original-Baupläne sind jedoch erhalten und befinden sich jetzt in unserem Besitz. Die Bau-Erlaubnis für das Haus wurde im Mai 1909 durch die Polizei-Verwaltung erteilt. Unterschrieben ist sie vom Bürgermeister Aldehoff persönlich, nicht einmal von einem Stellvertreter, der „im Auftrag", handelte. Der Bau eines gewöhnlichen Wohnhauses wäre wohl heute kaum bedeutend genug, um vom Bürgermeister oder auch nur seinem Stellvertreter persönlich genehmigt zu werden.

Friedrich Aldehoff war sehr lange der Bürgermeister von Uerdingen und schließlich wurde er sogar Ehrenbürger der Stadt. Aldehoff war zunächst von 1901 bis 1923 Uerdinger Bürgermeister. Nach dem Ersten Weltkrieg mussten die Deutschen große Reparationen an die ehemaligen Kriegsgegner zahlen. Nachdem die alliierte Reparationskommission Ende des Jahres 1922 einen Lieferrückstand deutscher Reparationen an Frankreich festgestellt hatte, marschierten im Januar 1923 fünf französische Divisionen sowie einige belgische Einheiten ins Ruhrgebiet ein. Über dieses wurde von den Franzosen sogleich der Ausnahmezustand verhängt. Dadurch dass er rund 60.000 Soldaten in das Zentrum der deutschen Schwerindustrie einmarschieren ließ, beabsichtigte der französische Ministerpräsident Raymond Poincaré, den Vertrag von Versailles zu Gunsten Frankreichs zu verändern. Gleichzeitig sollte damit erreicht werden, die deutsche Westgrenze nach Osten zu verschieben. Poincaré gilt als Hauptinitiator der französisch-belgischen Ruhrgebietsbesetzung. In Deutschland erzeugte der Einmarsch der ausländischen Militäreinheiten unter allen politischen Parteien große Empörung. Die Bevölkerung wurde von der Regierung zu passivem Widerstand gegen die militärische Besetzung aufgefordert. Der so genannte „Ruhrkampf" ging so weit, dass in Behörden angeordnet wurde, dass Beamte den Befehlen der Besatzer keine Folge leisten durften.

Weil die durch Lebensmittelrationierungen und Geldentwertung ohnehin schon stark belastete Bevölkerung zu großen Teilen tatsächlich passiven Widerstand leistete, wurden von den Besatzungsbehörden zwischen 120.000 und 150.000 Menschen aus dem Ruhrgebiet sowie aus dem bereits seit 1919 besetzten Rheinland in das „unbesetzte" Deutschland ausgewiesen. Der Uerdinger Bürgermeister Aldehoff war einer davon. Während der Zeit der Ruhrbesetzung wurde er im Jahr 1923 von der damals belgischen Besatzung ausgewiesen.

Um die Zeit herum, zu der unser Haus vermutlich schon geplant, gebaut und bezogen wurde, hat sich Uerdingen sehr gut entwickelt. Die chemische Industrie hatte sich schon weit vor der Jahrhundertwende in der Stadt angesiedelt. Mit der Lage am Rhein und der

Nähe des Ruhrgebiets lieferte der Standort der Industrie vorteilhafte Bedingungen. Als im Jahr 1905 der Fußballverein FC Uerdingen 05 gegründet wurde, hatte Uerdingen bereits 7.887 Einwohner. Im Jahr 1907 eröffnete Bürgermeister Aldehoff mit einem „Hoch auf Kaiser und König" das Hallenbad Stadtbad Uerdingen, welches Schwimmern bis heute die Möglichkeit bietet, ihren Sport zu treiben. Das Schwimmbad ist weitgehend im Jugendstil erhalten. Im Jahr 1910 wurde der Uerdinger Stadtpark vollendet, 1914 eröffnete die Stadtbücherei. Der Wohlstand der Stadt Uerdingen nahm zu. Aldehoff war in den guten Zeiten Bürgermeister, hat aber auch die Zeit der Not, die in ganz Deutschland groß war, in Uerdingen erlebt. Nach dem Kriegsende 1918 musste Deutschland – entsprechend dem Versailler Vertrag – an die Siegermächte Reparationszahlungen leisten. Mit dem Ende der Ersten Weltkriegs hatte die Mark ganz offiziell mehr als die Hälfte ihres Wertes verloren. Das führte zum Beginn einer Hyperinflation, welcher der Staat in den Anfangsjahren der Weimarer Republik entgegenzuwirken versuchte: Die Geldmenge wurde erhöht – in der Hoffnung, mit dieser Maßnahme die Staatsschulden zu beseitigen. Auch Bürgermeister Aldehoff musste im Jahr 1918 in Uerdingen die ersten Notgeldscheine ausgeben lassen. Das hat er sicher erheblich weniger gern getan als Bau-Erlaubnisse zu erteilen oder das Stadtbad zu eröffnen.

Was aus diesem Herrn Kaufmann, dessen Heim ihn um viele Jahre überlebt hat, geworden ist, können wir leider nicht mehr nachvollziehen. Es würde mich stark interessieren, wie viele Personen anfangs in der Augustastraße 12 lebten. Ursprünglich scheint das Haus dazu gebaut worden zu sein, um ausschließlich von der Familie Kaufmann bewohnt zu werden. Allein: Wie viele Mitglieder diese oder die erweiterte Familie gehabt hat, lässt sich durch uns nicht ermitteln. Das historische Adressbuch, das wir im Internet finden, weist für die Jahre 1931 und 1932 lediglich die Witwe Marg. Kaufmann als Bewohnerin aus. Herr Kaufmann war offenbar zu dem Zeitpunkt schon verstorben. Aber er hat, so hoffe ich, doch wenigstens zwanzig Jahre Lebenszeit gehabt, um in dem schönen Haus zu wohnen. Wir erwerben das Haus von der katholischen Kirche. So scheinen die Kaufmanns keine Erben gehabt zu haben, denn warum sonst wäre das Haus 1942 in den Besitz der Kirche gekommen? Leider kann uns das niemand mehr erklären. Ein Vertreter der Kirche übergibt uns den sorgfältig zusammengelegten Plan für das Gebäude, die „Zeichnung zum Neubau eines Wohnhauses für Herrn Kaufmann in Uerdingen". Erstellt wurde dieser Plan vom Architekten Hans Pickert in Duisburg. Edward zeichnet mehr als hundert Jahre nach dem Architekten Pickert aus Duisburg das alte Haus als 3D-CAD-Modell, nachdem er es gründlich mit Hilfe eines eigens dafür angeschafften Lasermessgerätes vermessen hat. Ein Grund dafür ist, dass sich so ein Gesamt-Überblick über die Räume verschaffen lässt, ein weiterer, dass wir durch diese Eigenleistung deutlich Geld sparen, weil wir nicht für das Aufmaß durch den Architekten bezahlen müssen.

Rechts neben der Familie Kaufmann, in dem Haus, das auch heute noch neben dem unseren steht, hat dem historischen Adressbuch entsprechend in den dreißiger Jahren der Uerdinger Bürgermeister Dr. Wilhelm Warsch gelebt. Dieser war sehr schnell von den

Nationalsozialisten für unzuverlässig befunden worden. Schon im Juli 1933 war er aus Uerdingen fort nach Köln gezogen, nachdem er im März 1933 auf Veranlassung der Nationalsozialisten zuerst beurlaubt, ein weiteres Jahr später entlassen und schließlich im Jahr 1935 in den Ruhestand versetzt wurde.

Das Amt des Bürgermeisters von Uerdingen bekleidete von 1933 bis 1938 erneut Friedrich Aldehoff – der Bürgermeister, der im Mai 1909 bereits Herrn Kaufmann die Bau-Erlaubnis zum Haus Augustastraße 12 unterschrieben hatte. Der vertriebene Bürgermeister Dr. Warsch überlebte den Zweiten Weltkrieg und kam zurück nach Uerdingen. Da er als politisch unbescholten galt, wurde Wilhelm Warsch bereits am 1. Juli 1945 wieder erster Beigeordneter der Stadt Krefeld und Bürgermeister von Uerdingen.

In Uerdingen steht unser Haus in der Augustastraße mit einigen anderen alten Häusern aus der gleichen zeitlichen Epoche. Es gibt aber auch modernere Gebäude in unserer unmittelbaren Umgebung, obwohl die älteren Häuser den Teil der Straße eindeutig dominieren. Wer kurz nach dem Übergang ins zwanzigste Jahrhundert hier gebaut hat, hatte vermutlich den Status desjenigen, den man heute als Teil des „mittleren Managements" bezeichnen würde. Vielleicht waren ein paar leitende Angestellte der örtlichen Chemie-Industrie oder der Weinbrennerei Dujardin dabei? Schon im 19. Jahrhundert wurde der Cognac der Marke Dujardin in Uerdingen hergestellt. Nach dem Ersten Weltkrieg und dem Vertrag von Versailles durfte der Weinbrand den Namen Dujardin nicht mehr tragen und war fortan als deutscher Branntwein zu bezeichnen. Die Bomben des Zweiten Weltkriegs zerstörten die gerade in den dreißiger Jahren des 20. Jahrhunderts noch stark weiter entwickelte Produktionsstätte, so dass bei Dujardin nach dem Krieg erst wieder mühsam aufgebaut werden musste.

Dass ich in der Augustastraße wohnen werde, schließt einen Kreis für mich: Bis 1946 wohnte meine Großmutter mit ihrer Familie in einer Mietwohnung in der Augustastraße. Jedoch war das im damals deutschen Gleiwitz in Oberschlesien. Leider ist die Großmutter in dem Jahr vor der Entscheidung zu unserem Uerdinger Hauskauf gestorben. Zu gern hätte ich ihr diesen Zufall mit dem Wohnen in der Augustastraße erzählt. Gegen Ende ihres Lebens hatte bei der Großmutter mit über neunzig Jahren das Kurzzeitgedächtnis stark nachgelassen. Aber sehr oft hatte sie noch von der schönen Wohnung in der Gleiwitzer Augustastraße gesprochen, die sie – jung verheiratet – Ende der dreißiger Jahre bezogen habe. Es ist sicher nichts Ungewöhnliches, dass bald ich wieder in einer Augustastraße wohnen werde, denn zahlreiche deutsche Städte haben eine Straße mit dem Namen der Gemahlin von Kaiser Wilhelm I. Aber bei den vielen verschiedenen Straßen, die es in einer Stadt gibt, ist es dennoch ein kleiner Zufall, dass ich – wie die Großmutter – in der leben werde, welche zu Ehren der Kaiserin Augusta benannt wurde. Die Augustastraße in Uerdingen gibt es seit 1902/04. Die 1890 verstorbene Namensgeberin Augusta von Sachsen-Weimar war da noch nicht sehr lange tot.

Das Haus muss wieder bewohnbar gemacht werden

Niemals hätte ich das über hundert Jahre alte Haus in Krefeld-Uerdingen haben wollen, wenn ich zuvor gewusst hätte, dass wir es zu zweit komplett entkernen würden – und dass ich selbst vierzehn Monate lang als Bauarbeiter würde arbeiten müssen, bis wir darin wohnen könnten. Was heißt dabei „als Bauarbeiter arbeiten müssen"? Der Preis war klein, weil das Haus sechs Jahre lang nicht bewohnt gewesen und auch in den vielen Jahren davor wenig investiert worden ist. Das Dach ist nicht mehr dicht, es regnet rein. Ohne schnelle Reparaturen würde das Haus bald zur Ruine verkommen. Zunächst sind wir der Ansicht, dass wir, weil wir es zu einem so günstigen Preis gekauft haben, zuerst die Abriss- und anschließend die Aufbau-Arbeiten durch andere erledigen lassen werden. Von Anfang an ist dabei klar, dass mindestens der Kaufpreis noch einmal investiert werden muss, um diese Immobilie für uns mit einem Grundstandard ausgestattet bewohnbar zu machen. Aber das, denken wir, sollte uns möglich sein, denn wir können an zusätzliches Kapital kommen, weil wir unsere Eigentumswohnung in Düsseldorf verkaufen werden. Die Düsseldorfer Wohnung wollen wir loswerden, sobald das Haus in Krefeld-Uerdingen bewohnbar ist. Solange das nicht der Fall ist, werden wir weiter in Düsseldorf bleiben. Schnell stellt sich heraus, dass es weit über unser Budget hinausgeht, alle anfallenden Arbeiten durch andere erledigen zu lassen. Deshalb entsteht der Entschluss, dass wir das Haus selbst komplett entkernen werden. Alles, was innen ist, muss herausgerissen werden. Tonnen von Bau-Schutt und Holz sind zu entsorgen.

Im Frühsommer besichtigen wir das Haus, im Spätsommer 2011 kaufen wir es, bevor die Grundsteuer erhöht wird. Zwischen Weihnachten und Neujahr sind wir zum ersten Mal als Besitzer im Haus. Es ist dort eiskalt, eine funktionierende Heizung gibt es seit Langem nicht mehr – bloß ein paar alte Nachtspeichergeräte, die wir entsorgen lassen müssen, sind noch vorhanden. Gefühlt ist es kälter als draußen. Hier in dem Haus müssen wir uns jetzt sich dauernd bewegen, um nicht stark zu frieren.

Wir suchen Architekten und Bauleiter, aber der Beginn der Renovierungsarbeiten verzögert sich immer wieder. Der zuerst beinahe beauftragte Bauleiter stellt sich unseren Um- und Ausbauvorstellungen gegenüber als zu wenig offen heraus und veranschlagt außerdem einen unser Budget weit übersteigenden Preis für die geplanten Arbeiten. So kann kein Vertrag zu Stande kommen, und es dauert eine Weile, bis wir glauben, einen geeigneten Ersatz für den Bauleiter gefunden zu haben, der unsere Vorstellungen für die Umbauten wird umsetzen können. Noch bevor wir nach einigen viel versprechenden Planungsgesprächen einen Vertrag unterschreiben können, muss der gerade erst gefundene neue Architekt sich einer mehrwöchigen Behandlung im Krankenhaus unterziehen. So beschließen wir, um die Zeit nicht unnötig verstreichen zu lassen, schon einmal selbst mit den Abrissarbeiten zu beginnen.

Das Haus leidet an alten Bausünden

Entkernen – das ist zerschlagen, zerstören, kaputt machen. Es hört sich zunächst einmal einfach an, weil nichts entstehen muss. Nichts Konstruktives, Passendes oder Schönes wird dabei geschaffen. Aber wenn von alten Nachtspeicheröfen bis hin zu Holzpaneelen alles demontiert, zerkleinert, verpackt, abtransportiert und entsorgt werden muss, kann der Aufwand uner-

messlich sein. Vor allem: Am Anfang ist er für jemanden, der das zum ersten Mal macht, nicht über-
schaubar. Es kommt dauernd etwas Überraschendes
hinzu, mit dem vorher niemand gerechnet hat. Das
gesamte Entkernen erweist sich auch deshalb als
höchst aufwendig, weil in der Lebenszeit des Hauses
offenbar nicht eine einzige denkbare Bausünde ver-
säumt wurde. Wenn nicht gerade eine Korktapete mit
kaum ablösbarem Klebstoff für alle Folgegenerationen
haltbar an einer Wand befestigt worden ist, ist eine
andere Wand mit aus unserer Sicht geschmacklosen
Kacheln zugeklebt. „Geschmacklos" ist es, wie wir das
heute sehen. Vor einigen Jahrzehnten ist das
Mainstream-Mode gewesen, und ich erinnere mich aus
meiner eigenen Kindheit an das übermäßige Vor-
handensein solcher Kacheln – mit einem Blumen-
muster oder einer Traube als Motiv. Am hässlichsten
und ärgerlichsten aber erscheint uns, dass einstige Bewohner oder Besitzer die schönen hohen Decken abge-
hangen und diese im Anschluss daran mit Holzlatten
verkleidet haben. Gerade die hohen Decken sind das,
was für uns den Altbau zusätzlich reizvoll macht. Mit
viel Mühe und Aufwand wurden sogar die Wände
großflächig mit Holz verkleidet, ganz wie es in den
1970er Jahren modisch war. Das Dach des Hauses ist
verrottet und löchrig, so dass sich bereits Tauben
einzunisten beginnen. Weil wir den Dachboden nicht
nutzen wollen, entfernen wir die nach oben führende
Aufgangstreppe. Das Dach muss komplett neu gedeckt
werden, und bis das geschehen ist, fürchten wir bei
jedem größeren Regenguss, dass das Haus weiteren
größeren Schaden nehmen könnte. Ein paar Wannen
und Eimer, die unter dem Dach den Regen auffangen
sollen, können es nicht genug schützen. Aber wir

haben das Glück, dass kein großes Unwetter uns nach dem abgeschlossenen Kauf das Haus zerstört.

Während der Renovierungsarbeiten lernen wir nach und nach die Nachbarn aus der unmittelbaren und der weiteren Umgebung kennen. Ein Nachbar ist erleichtert zu erfahren, dass wir beide beabsichtigen, eines Tages – hoffentlich bald – nur zu zweit in dem Haus zu wohnen. Es stimmt ihn froh, dass das Haus für uns ein Liebhaber- und kein Investitionsprojekt ist und dass wir die fertig renovierte Immobilie nicht weitervermieten wollen. Unter früheren Mietern muss es über die Jahre hindurch von Zeit zu Zeit ein paar unverträgliche gegeben haben, die häufig durch große Lautstärke auch zur Nachtzeit auf sich aufmerksam machten. Die Zeit, in der das Haus ohne Bewohner und ohne Pflege vollkommen sich selbst überlassen war, hat schwer wiegend zu seinem Verfall beigetragen. Dazu kommt die geringe Wertschätzung, die es zuvor durch manche Bewohner erfahren zu haben scheint. Aber nicht immer haben Menschen darin gewohnt, die es gering geschätzt haben. Als das Haus einige Jahre vor dem Ersten Weltkrieg gebaut wurde, hat man es für den Käufer sorgfältig geplant. Sehr sorgfältig ist dieser mit den handgezeichneten Plänen umgegangen, die uns jetzt in gutem Zustand vorliegen. Ganz sicher, so sagt uns unser Architekt, habe es sich bei diesem Haus nicht um sozialen Wohnungsbau gehandelt. Die Qualität der Baumaterialien spreche klar dagegen.

Wenn auch kein Schatz, so doch ganz interessante Funde

Beim weiteren Entkernen finden wir in einem Hohlraum etwas vor, das nicht anders als durch den Speicher dort hineingefallen sein kann: eine Ausgabe von Schillers „Don Carlos" und eine Reichsverfassung des Jahres 1871. Es haben sich offensichtlich in den vergangenen Jahrzehnten einige gebildete Menschen in dem Haus aufgehalten. Eine Krefelder Zeitung mit dem Aufruf zu den Waffen kommt zum Vorschein. Es geht dabei um den großen Krieg, der später der erste von zwei Weltkriegen wurde. Das stimmt trübe, und dabei ist der schönste Fund ein vollkommen verschmutztes Spitzentaschentuch, das vermutlich nach der „großen Wäsche" auf dem Speicher getrocknet werden sollte. Es war aber in den Hohlraum heruntergefallen – und nach all den Jahren ist es nur noch ein verdreckter, zerlöcherter Stofffetzen, an dessen Rändern sich die schöne Häkelspitze kaum mehr erkennen lässt. Wir beschließen am Abend, den Lumpen zusammen mit unserer schmutzigen Arbeitskleidung heiß zu waschen. Es wird wieder eine Struktur erkennbar, und zum Vorschein kommt eine Stickerei, welche den Namen der einstigen Besitzerin des Taschentuchs preisgibt: „Erna". Sehr sorgfältig und fein ist der Name in das Spitzentaschentuch gestickt: Erna. Wann wohl Erna gestorben ist?

Mit jedem Arbeitseinsatz wird uns das alte Haus lieber und vertrauter. Ich muss mir vorstellen, wie viel es schon erlebt hat in seinen mehr als hundert Jahren. Langsam wird das alte Haus ein Freund. Wenn wir es entkernen und wiederherstellen, heilen wir seine alten Leiden und Verletzungen.
In dem Raum, in welchem mein Büro mit Bibliothek entstehen soll, wurde von früheren Bewohnern überall Holzpaneele unter die Zimmerdecke genagelt. Nach vielen Stunden Arbeit, die es kostet, das immerhin

handwerklich sorgfältig Gemachte zu entfernen, tritt plötzlich der bis dahin versteckte Stuck hervor. Das ist für uns eine sehr erfreuliche Überraschung, dass der einmal als unmodern empfundene Stuck nicht abgeschlagen, sondern bloß durch das Abhängen der Decke über Jahrzehnte verdeckt wurde. So hat sich die Mühe des Abschlagens der einzelnen Holzlatten doppelt gelohnt. Das für unser Empfinden Hässliche ist weg und hat etwas Schönes freigegeben – und dazu den Raum weiter vergrößert. Der Stuck befindet sich in einem traurigen Zustand, denn frühere Generationen haben offenbar stark geraucht. Die Verfärbungen des Stucks werden von Edward mühevoll und mit kleinstem Werkzeug entfernt.

In unserer Düsseldorfer Wohnung, in der wir bis zu unserem Umzug leben werden, zieht Edward an einem Sonntagmorgen „A History of Western Society" aus dem Regal. Die ausgeblichene Farbe des Buchrückens dieses alten Geschichtslehrbuchs aus meiner Studienzeit in den USA in den achtziger Jahren des vergangenen Jahrhunderts hat seine Aufmerksamkeit erregt. Es ist dabei nur die Farbe des Buchrückens und nicht das Buch selbst, worum es geht. Edward meint, diese Farbe sollte meine Bibliothek in Uerdingen haben, weil das zum Jugendstil des Hauses und außerdem zum gerade frei gelegten Stuck in dem Raum passe. Im Baumarkt suchen wir ein paar Farbpaletten und finden eine Bezeichnung für die Farbe des Buchrückens von „A History of Western Society", die wir dem Maler als die mitteilen können, mit der wir gern die Wände gestrichen hätten. Bis sie gestrichen werden können, ist es noch ein langer Weg, weil wir dazu erst einmal die Tapeten abreißen müssen. Mit jedem Stück abgerissener Tapete fällt eine Menge Putz herunter – was Löcher in die Wände reißt. Diese müssen dann wiederum verputzt werden.

Ein Garten gehört dazu

Der Garten ist ein kleiner Urwald gewesen, als wir das Objekt erworben haben. Die Immobilienmaklerin hat nach unserer ersten Kaufabsichtserklärung ein Gärtnerunternehmen mit einer Sense und einer Motorsäge durch diesen Garten geschickt. In der langen Zeit, in der das Haus unbewohnt war, hatte der Garten Gelegenheit, sich frei und ungezwungen zu entfalten und zu verwildern. Erst nach dem Senseneinsatz wird seine Größe erkennbar. Hohe, Licht raubende Tannen stehen jetzt noch gemeinsam mit einer Blutbuche darin. Die Tannen müssen weichen, aber die Blutbuche – eine Mutation der Rotbuche – bleibt. Ich finde heraus, dass Blutbuchen über 200 Jahre alt werden können. Diese in unserem Garten schätzen wir nach einiger Recherche zum Wachstum von Blutbuchen auf 50 Jahre. Wie das Haus, müssen wir auch die Buche erst von groben Verletzungen befreien, die ihr fahrlässig zugefügt worden sind: Die Seile, mit denen vermutlich in den vielen Jahren einmal eine Kinderschaukel an der Buche befestigt war, hängen noch daran. Der gesamte Boden ebenso wie die Hauswand ist von Efeu überwuchert. Tauben-Großfamilien fühlen sich in unserem Garten wohl und genießen die Beeren der reichlich vorhandenen Holunderbäume, um zum Dank uns das davon Verdaute wiederum im Garten in großen Mengen zu hinterlassen. Wir beschließen, dass die Nadel- und Holunderbäume sowie das alles vereinnahmende Efeu entfernt werden sollen. Der nächste Schritt ist, selbst die überflüssigen Bäume zu fällen. Edwards großzügige Freunde und Kollegen kommen mit ihren Werkzeugen vorbei, um ihm gegen ein Bier beim Fällen einiger Bäume zu helfen.

Es gibt für uns eine Überraschung, als Edward ein wenig gegraben hat: In großen Mengen fördert er mit dem Mutterboden alte blaue Badezimmerkacheln ans Tageslicht. Diese sehen aus wie Erzeugnisse aus den sechziger und siebziger Jahren des letzten Jahrhunderts. Irgendein früherer Bewohner hat sie auf diese Art entsorgt. Ich erfahre, dass es wohl früher üblich war, nicht mehr Benötigtes und Bauschutt zu vergraben. Ärgerlich sortieren wir die blauen Scherben aus dem Mutterboden heraus, bevor ich ihn über dem zu erstickenden Efeu verteile. Lieber hätten wir vergrabenes Gold als Überraschung gefunden.

Einmal sehen wir ein Eichhörnchen und freuen uns darüber. Wir hoffen darauf, dass bald vielleicht eine Eichhörnchenfamilie in unserem Garten leben wird. Allerdings sollen die Eichhörnchen nicht so viele wie die Menge an Tauben werden, die wir schon bei uns im Garten wohnen haben. Es ist es wie mit fast allem: Was selten ist, genießt hohen Wert und wird geachtet und geschützt. Kommt etwas in großen Mengen vor, ist es oft – gefühlt – nichts wert. Dass sehr viele Eichhörnchen unseren Garten als Heim annehmen werden, ist aber nicht zu erwarten. Gerade über den Winter ist die Eichhörnchensterblichkeit hoch.

In diesem Garten muss viel gefeiert worden sein: Wir entdecken zwei unverhältnismäßig große Grillstände, mit denen zahlreiche Gäste gleichzeitig verpflegt werden könnten. Diese Grillstände sind aus allem Möglichen, das sich an Bau-Materialien auf Baustellen finden lässt, selbst zusammengebastelt. Vermutlich sind sie uns von denselben Mietern hinterlassen worden, welche die Außenmauern des Hauses mit kuriosem

Schmuck versehen haben: mit leer getrunkenen Bierflaschen, die sie an den Bügeln aufgehängt haben. Eine Art Maskottchen ist aus verschieden großen Blumentöpfen zusammengesetzt und wirkt durch die aufgeklebten Augen wie ein Lebewesen. Edward möchte es gleichzeitig mit den Bügel-Bierflaschen entsorgen. Weil ich finde, dass wir es als Andenken an frühere Zeiten des Hauses behalten sollen, darf es bleiben.

Unerfreuliche Überraschungen

Unsere Immobilie überrascht uns immer wieder. Es scheint, als ob jede Generation, die das Haus bezog, einen zusätzlichen Boden über den alten Fußboden gelegt oder eine zusätzliche, der Mode der Zeit entsprechende Decke eingezogen hat, so dass wir Schicht für Schicht alles abtragen und entfernen müssen – um schließlich entweder zu unserer Freude Stuck oder zu unserem großen Ärger flächendeckenden Schimmel vorzufinden. Unter dem Beton, der als Boden von irgendwem im Lauf der Jahre ohne Rat eines Statikers selbst gegossen sein worden muss und der mit seiner Schwere fast die Decke durchbrochen hätte, finden wir sogar ein paar Ameisennester. Das ist eine Überraschung, auf die wir gern verzichtet hätten.

Nachdem mit schwerem Gerät der Betonfußboden entfernt worden ist, arbeiten wir uns im einsturzgefährdeten Raum zu den Balken vor. Erwartungsgemäß ist der zum Teil ebenfalls stark verschimmelt, und die letzten schimmligen Balken dürfen nicht wir selbst entfernen, sondern fachgerecht wird dies ein Zimmermann übernehmen müssen, damit die Decke nicht einstürzt. Man hat – wie Edward meint, sogar noch bis in die fünfziger Jahre des letzten Jahrhunderts – früher so die Fußböden gebaut, dass es zunächst die tragenden Balken gab, dazwischen einen Fehlboden mit einer Schicht Lehm, auf welchen Schlacke geschüttet wurde. Bis zu diesem Boden haben wir uns vorgearbeitet. Die Schlacke füllen wir in Wannen, welche wir im Hof ausschütten und irgendwann wieder zum Recyclinghof fahren müssen. Den ausgekratzten Lehm trage ich in den Garten. Aber der eigentliche Spaß am Schlacke-Fußboden sind die Zeitungsfunde aus dem August 1909, dem Baujahr unseres Hauses.

Der General-Anzeiger für Krefeld und den Niederrhein aus dem Jahr 1909

Ich freue mich über ein paar Eindrücke aus der Morgen-Ausgabe des „General-Anzeigers für Krefeld und den Niederrhein vom Montag, dem 16. August 1909", der in unserem Fußboden als Füllmaterial verwendet wurde. Nach eigenen Angaben hat das Blatt im Jahr 1909 über 20.000 Abonnenten. Das ist eine Zahl, mit der heute sicher manches Lokalblatt zufrieden wäre.

Das Weltgeschehen des Jahres 1909 lässt sich leichter rekonstruieren als das lokale Geschehen rund um das Gebäude, das jetzt unser Haus ist.

Mit Begeisterung lese ich deshalb die Kleinanzeigen der gefundenen Tageszeitung. Beeindruckend ist für mich die Information des Blattes über den Anzeigenpreis, zum Beispiel für ein Stellengesuch: Der beträgt 12 Pfennig. Das ist viel weniger, als zu dieser Zeit eine Tasse Kaffee in München gekostet hat – und es sind gerade einmal 2 Pfennig mehr als zur gleichen Zeit im Restaurant Ziellenbach in Krefeld für ein Bier zu bezahlen war.

Mehr als hundert Jahre später erscheinen einige dieser Anzeigen rührend bis komisch, so dass ich ein paar davon im Original zitiere:

„Für ein feines Geschäft wird ein Lehrmädchen aus achtbarer Familie gesucht"

„Properes Dienstmädchen von 16 bis 23 Jahren gesucht; am liebsten von auswärts. Gladbacherstraße 169."

„Ladenmädchen, welches Diplomatennähen kann, für nach Köln gesucht bei Familienanschluss." Was ist wohl Diplomatennähen? Ich habe es nicht herausfinden können.

Im Folgenden eine Anzeige, die mit vermutlich betrügerischen Versprechungen Minderqualifizierte lockt, indem ihnen für einen sehr kleinen Einsatz und trotz geringer Qualifikation hohe Verdienstmöglichkeiten in Aussicht gestellt werden. Ähnliche Anzeigen finden sich auch heute noch, besonders häufig in Blättern, die an alle Haushalte verteilt und damit unter einer breiten Masse von Lesern gestreut werden. Hier die von 1909:
„3 -20 Mk. tägl. können Personen jed. Standes verdienen. Nebenerwerb durch Schreibarbeit, häusl. Tätigkeit, Vertretung u. Näh. Erwerbszentrale, Frankfurt a.M."
Auch dass der Einsatzort weit vom Niederrhein entfernt ist, macht die Anzeige als unlauter verdächtig. Zumindest, wenn man bedenkt, dass 1909 das Reisen von „Personen jed. Standes" durch das ganze Land, nur um Arbeit zu finden, sicher weniger weit verbreitet war

als heute. Allein deshalb, weil es noch nicht die gleiche Mobilität gab.

Die Sommersprossenentfernung scheint damals eine wichtige Sache gewesen zu sein. Wie heute die dauerhafte Haarentfernung überall ein Thema ist, ändern sich offenbar nur die Moden der Zeit. Zur Entfernung von Sommersprossen finden sich in der Zeitung von 1909 gleich mehrere Anzeigen.

So verspricht eine Werbung für Zucker's Patent-Medizinal-Seife überzeugend und ausführlich Abhilfe, denn Sommersprossen als „braune, graue und gelbe Flecken im Gesicht, auf den Armen, im Nacken etc. sind besonders unangenehme Schönheitsfehler, weil sie ohne Behandlung überhaupt selten wieder verschwinden, sondern höchstens zu bestimmten Zeiten wieder verblassen. Dabei suchen sie besonders die zarte Haut der jungen Damen und Kinder heim, speziell blonde Schönheiten haben arg darunter zu leiden. Da diese Verfärbungen in der Oberhaut eingelagert sind, so muss auf eine einfache schmerzlose Abtragung derselben, bis die verfärbte Hautschicht beseitigt ist, hingearbeitet werden. Scharfe Salben und Pasten erfüllen diesen Zweck nicht so gut wie Zucker's Patent-Medizinal-Seife, weil sie teuer, sehr umständlich in der Anwendung und wegen der Verunreinigung der Wäsche wenig empfehlenswert sind ..." usw.

Es war wohl wirklich ein bedeutendes Thema im Sommer 1909 – die Entfernung von als unattraktiv geltenden Sommersprossen.

Am Abend des 16. August 1909 wird im Restaurant Ziellenbach in der Marktstraße 62 ab 4 Uhr am Nachmittag ein großes Künstler-Konzert gegeben. Der „Entree" frei, das Bier kostet 10 Pfennige. Darunter steht: „Es ladet freundlichst ein Wilh. Braun, Geschäftsführer."

Ob sich hier die Erbauer und Planer unseres alten Hauses vergnügt haben? Oder – und das könnte ich mir fast eher bei den Großbürgern vorstellen, die wir als Bewohner unseres Hauses vermuten – ob es sie am Abend des 16. August abends gegen halb 8 in die Stadthalle gezogen hat? Dort findet das „Abonnements-Konzert der Städtischen Kapelle" statt, wo es unter anderem „Solo-Vorträge berühmter Sänger durch Lenzens Grammophone unter der Begleitung des ganzen Orchesters" gibt. An diesem Vergnügen teilzuhaben kostet eindeutig mehr: „Entree für Nichtabonnenten 55 Pfg. inkl. Billettsteuer."

Eine Kleinanzeige „offeriert billigst" Hühner- und Taubenfutter, in einer anderen steht geschrieben: „Erfahrene Pferdebesitzer streuen im Sommer Torf. (Eine neue Art!). Verhind. Stallgeruch u. Insektenplage. Billiger wie Stroh. Lager: Saumstraße 14. P. Schüten, Tel. 545." Ein Telefon gibt es schon, und das im Jahr 1909!

Auf einem anderen Zeitungsfetzen, vermutlich auch von 1909, aber das Datum ist leider abgerissen, befindet sich ein Stellengesuch: „Alleinsteh. Mädchen sucht Stelle zum Bureauputzen." Mit meinem heutigen gesellschaftlichen Hintergrund muss ich unwillkürlich lachen, weil ich mich frage, welche Relevanz das Alleinsein des „Mädchens" für seine Qualifikation zum „Bureauputzen" hat.

Auf der Rückseite desselben Fetzens sind ein paar Artikel des täglichen Bedarfs zum Verkauf inseriert:

- Putzpomade, 3 große Dosen, 14 Pfennig
- Seifenpulver, 4 Pakete, 25 Pfennig
- Klosettpapier, 6 Rollen, 54 Pfennig
- Herdschmirgel, große Dosen, 16 Pfennig

Besonders beeindruckt mich der stolze Preis des „Klosettpapiers", gemessen an der Kaufkraft des Jahres 1909, und auch die Wertung als offensichtliches Luxusgut: Denn zur gleichen Zeit kann man im „General-Anzeiger für Krefeld und den Niederrhein" ein Stellengesuch für 12 Pfennig aufgeben, 6 Rollen „Klosettpapier" kosten also 4,5 Mal so viel wie ein Stellengesuch in der Tageszeitung. Tatsächlich gibt es das Toilettenpapier von der Art, wie es heute benutzt wird, erst seit dem Ende des 19. Jahrhunderts: auf Rollen und perforiert. Als unser Haus gebaut wurde, war es noch ein teures Luxusgut.

An einem Sonntagmorgen 2012 sitzen wir während der Renovierungsphase des Hauses in unserer Düsseldorfer Wohnung. Im Fernsehen zeigt der Sender „Phoenix" kurze Dokumentarfilme zu den Jahresrückblicken des ganzen letzten Jahrhunderts. Während wir frühstücken, beginnt der Rückblick auf das Jahr 1906. Wir warten auf 1909, das Baujahr unseres Hauses: Es gibt einen kurzen Zusammenschnitt vom Aufstand der Suffragetten in London. Der Sprecher erklärt den Stummfilm mit dem „Kampf gegen den Mann". Unmittelbar im Anschluss daran darf die Frauenrechtlerin Alice Schwarzer in einem Interview ihre Meinung sagen. Was geschah noch in der Welt im Jahr 1909? Hat der „General-Anzeiger für Krefeld und den Niederrhein" irgendwann im Laufes des Jahres über die Suffragetten in England geschrieben? Das herauszufinden wäre nicht sehr schwer, da müsste ich nur in Archiven suchen. Viel lieber wüsste ich jedoch, ob Erna, deren Taschentuch wir gefunden haben, von solchen Ereignissen erfahren hat. Hat Erna eine Zeitung gelesen und sich für das Weltgeschehen interessiert? Sicher ist, dass sie im Jahr 1909 auch in Uerdingen, auch in Deutschland nicht wählen gehen durfte und weitere zehn Jahre vergingen, bis in Deutschland den ersten Frauen ein Wahlrecht erteilt wurde.

Der Besen Peggy Perfect und die Schülerin Jessica Schmitz

Einer der letzten oder vorletzten Mieter hat uns neben einer Hängematte einen Besen hinterlassen. Die Hängematte brauchen wir nicht, und ausgiebig lachen wir darüber, wie irgendwer sich vermutlich in der sozialen Hängematte ausgeruht hat, gleichzeitig befürchtend, dass unsere schöne Blutbuche auch diese Hängematte hat halten und weiteren Schaden dadurch hat nehmen müssen. Den Besen aber können wir gut gebrauchen. Er heißt „Peggy Perfect" – sein Name ist ihm aufgedruckt. Der geschenkte Besen erweist sich schnell als sehr nützlich und tüchtig. Mit Hilfe von Peggy Perfect, einem flotten Straßenbesen, kehren wir den gröbsten Dreck aus dem Haus. Ob es die Eltern von Jessica Schmitz waren, die Peggy Perfect für uns zurückgelassen haben? Obwohl uns die Namen früherer Bewohner nahezu komplett fehlen, wissen wir mit Sicherheit, dass Jessica Schmitz in unserem Haus gelebt hat. Wir wissen den Namen so genau, weil wir eine Buntstiftzeichnung von ihr finden, auf welcher sie sowohl ihren Vor- als auch ihren Nachnamen mit rotem Stift in sauberen Druckbuchstaben vermerkt hat. Ich versuche den Stil der Kinderzeichnung einzuordnen und komme zu der Vermutung, dass die Zeichnung in den achtziger Jahren des letzten Jahrhunderts gefertigt wurde: Sie zeigt einen Pierrot, der an bunten Luftballons in den Himmel aufsteigt. Als Jessica die Zeichnung fertig stellte, war sie wohl Schülerin. Ich stelle mir vor, dass Jessica Schmitz heute verheiratet, vielleicht längst wieder geschieden ist. Sicher trägt sie aber einen anderen Nachnamen als Schmitz, wahrscheinlich hat sie Kinder – und es würde mich wundern, wenn sie allzu weit entfernt von diesem, jetzt unserem, Haus wohnte.

Mieter für dieses Haus?

Während wir noch damit beschäftigt sind, tonnenweise Schutt aus dem zu entkernenden Haus herauszutragen, erreicht uns in unserer Düsseldorfer Wohnung ein Schreiben vom Finanzamt Düsseldorf, das gern an den unterstellten Miet-Einnahmen der von mir in Krefeld erworbenen Immobilie beteiligt würde und außerdem zu wissen wünscht, unter welcher Steuernummer die Gesellschaft geführt werde. Dieses Haus war zuletzt so hergerichtet gewesen, dass theoretisch drei Mietparteien darin hätten untergebracht werden können. Dass die unbewohnbare Ruine ein Objekt sein soll, mit welchem ich durch Vermietung Geld verdiene, erscheint mir absurd. Sofort ärgere ich mich sehr. Allein die Vorstellung, dass inmitten des Schutts in dem verwahrlosten Haus ohne Heizung jemand wohnen und mir Miete dafür zahlen würde! Natürlich kann niemand im Finanzamt ahnen, in welchem Zustand sich das Haus befindet. Zu meinem Erstaunen erreiche ich sofort telefonisch den zuständigen Finanzamts-Sachbearbeiter. Dieser erklärt mir, dass Edward und ich, solange wir nicht verheiratet seien, als

Gesellschaft bürgerlichen Rechts gelten. Deshalb die Frage nach der Steuernummer der Gesellschaft. Eine schriftliche Dokumentation dazu, dass ich keine Miet-Einnahmen erziele, reicht dem Finanzamt aus. Da das Haus unbewohnbar ist, müssen wir so lange in unserer Düsseldorfer Wohnung bleiben, bis wir es bewohnbar gemacht haben. Und bis das nicht geschehen ist, werden wir tatsächlich Besitzer zweier Immobilien gleichzeitig sein.

Eine kaputte Tür und ein Wasserschaden
Wir machen so viel wie wir können an dem Haus selbst, aber wir können nicht alles. Ich habe keine handwerklichen Fähigkeiten und Neigungen und bin nur als Bier trinkender Hilfsarbeiter zu gebrauchen, aber für die meisten Tätigkeiten benötigt derjenige, der sie hauptsächlich ausführt, doch einen zweiten, welcher ihm zur Hand geht. So helfe ich Edward bei allen Tätigkeiten aus. Allein meine Ausdauer und größtenteils Gutwilligkeit habe ich zum Hausprojekt beizutragen. Dennoch können wir trotz allen guten Willens zu zweit zum Beispiel das Dach nicht decken, so dass dafür die Dachdecker kommen müssen. Überall, wo gearbeitet wird, werden auch Fehler gemacht. Das ist bei jeder Arbeit so und leider nicht anders zu erwarten. Wir haben zwischen uns und den Handwerkern zu unserem Glück den Architekten, der mit diesen die Absprachen hält und alles Mögliche für uns koordiniert. Müssen die Handwerker etwas nachbessern, informieren wir unseren zuverlässigen Architekten, der den Handwerkern die für sie unerfreuliche Meldung macht und dafür sorgt, dass die Arbeiten umgesetzt werden. Als die Dachdecker die Dachschindeln falsch verlegen, muss der Architekt sich darum kümmern,

dass der Fehler behoben wird. Als der Glaser eine Glastür schon mit Riss einbaut, ist es ebenfalls Aufgabe des Architekten, dafür zu sorgen, dass eine neue Tür besorgt wird. Für uns bleibt trotzdem immer noch genug Arbeit, besonders für Edward.

Einen vom Fliesenleger verursachten Wasserschaden können wir rund zwei Stunden nach dem Geschehen vorfinden und zusammen mit dem an diesem Samstag herbeigerufenen Architekten so den größten Schaden verhindern. Erfreulicherweise hatte der Fliesenleger sich entschieden, zur Beschleunigung des Fortschritts seiner Arbeit am Samstagmorgen zu arbeiten. Und so kommen wir an, nachdem er gerade gegangen ist, weil wir an diesem freien Samstag selbst etwas im Haus arbeiten wollen. Wir stellen eine Überschwemmung im Bad fest, das Wasser tropft schon durch die Decke zur darunter liegenden Küche. Die Ursache dafür ist, dass der Fliesenleger das Mischverhältnis von Wasser und Zement nicht richtig verstanden hat. Mit so etwas konnten wir nicht rechnen, da er sich uns als erfahrener Fliesenleger vorgestellt und empfohlen hat. Nur bleibt uns völlig unverständlich, warum er am Samstag die Baustelle mit dem Fußboden-See im Badezimmer verlässt. Hätten wir den Schaden nicht schon am Samstag bemerkt, wäre er nach dem Wochenende doch viel größer gewesen. Der Fliesenleger kann nicht im Ernst gedacht haben, dass der Schaden zwischen Samstag und Montag – wenn die nächsten Arbeiten vorgenommen worden wären – sich von selbst reguliert hätte. Aber vielleicht hat er daran geglaubt, dass über zwei Nächte alles gut werden könnte. Einfach so, von sich heraus, durch die Selbstheilungskräfte des Hauses. Manchmal neige auch ich dazu, an die Selbstheilungskräfte dieses Hauses zu glauben, weil es seit mehr als hundert Jahren steht und sogar zwei Weltkriege überstanden hat.

Ein gestohlenes Jugendstilfenster?

Ein weiterer ärgerlicher Vorfall ereignet sich mit unserem einzigen in dem Haus erhaltenen Jugendstilfenster: Das ist ein Fenster mit Bleiverglasung, welches aus dem Baujahr des Hauses erhalten ist. Leider ist dieses Jugendstilfenster mit der Zeit undicht geworden, so dass wir es nach über hundert Jahren durch ein neues, dichtes Fenster ersetzen wollen. Später will Edward das Jugendstilfenster vielleicht hinter das moderne Fenster setzen, so dass es vor der Witterung geschützt sein wird.

Gleichzeitig mit der mit gerissenem Glas eingebauten Tür zum Garten wird das bleiverglaste Jugendstilfenster durch ein dichtes Fenster ersetzt. Alles geschieht wie geplant. Für uns steht fest: Das Jugendstilfenster, das mehr als hundert Jahre in diesem Haus war, gehört zu unserem Haus und wird Teil des Hauses bleiben. Das wertvolle alte Fenster soll sorgfältig ausgebaut und zu unserer weiteren Verwendung an einem trockenen und sicheren Ort im Haus aufgestellt werden. Als wir wieder zum Arbeiten auf der Baustelle erscheinen, ist unser Jugendstilfenster unauffindbar. Der sofort darüber informierte Architekt kontaktiert die Handwerker und erfährt von diesen: Sie hätten das Jugendstilfenster auf die Straße gestellt. Von dort habe es dann wohl jemand mitgenommen, dem es gefallen habe. Unsere Vermutung ist eine andere: Entweder haben die Handwerker den Wert nicht erkannt und unser Jugendstilfenster entsorgt – oder gerade weil sie den Wert erkannt haben, hat es einer von ihnen mitgenommen, um es irgendwo zu Geld zu machen. Wir suchen direkt bei Ebay, finden aber dort unser Fenster nicht. Dieses schöne Fenster gehört zum Haus und fehlt. Entweder wird es wiederbeschafft – was uns am liebsten wäre, aber aus unserer Sicht aussichtslos ist –, oder wir wollen Schadenersatz. Wenn das nicht geschieht, werden wir Anzeige wegen Unterschlagung erstatten. Ein paar Tage lang sind wir außer uns vor Zorn, bis sich die Angelegenheit zum Wohlgefallen aller klärt: Tatsächlich haben die Handwerker das Jugendstilfenster achtlos zwecks Entsorgung auf die Straße gestellt. Unmittelbare Nachbarinnen von gegenüber, mit denen wir bereits gut bekannt sind, haben diesen Vorgang beobachtet und es für unwahrscheinlich gehalten, dass das mit unserem Einverständnis geschieht. Und so hat – ganz wie die Handwerker es erklärt haben – „jemand" das Jugendstilfenster an sich genommen. In diesem Fall waren es zu unserem Glück die besorgten Nachbarinnen, die es in ihrem Haus aufgenommen und für uns verwahrt haben. Jetzt erst sind die dazu gekommen, uns zu fragen, ob wir dieses Fenster wirklich vernichten möchten. Falls dies der Fall sei, würden sie es gern behalten, denn sie haben selbst ein Jugendstilhaus, zu dem es passen würde. Wir sind froh und erleichtert, dass das Haus sein Jugendstilfenster zurückerhält. Über die freundlichen neuen Nachbarinnen freuen wir uns ebenso und laden sie zum Dank für das gerettete Fenster zum Essen ein.

Wir ziehen ein

Im ersten Quartal 2013 haben wir es geschafft. Zuerst zieht Edward in unser neues Haus ein. Das heißt: Er übernachtet hier schon, weil er dadurch einen kürzeren

Weg zur Arbeit hat und vor allem deshalb, weil er weiterhin jeden Tag in dem Haus noch etwas arbeiten muss – bis wir richtig darin wohnen und nicht nur schlafen können. Solange wir die Wohnung in Düsseldorf nicht an den Käufer übergeben haben, bleibe ich da, weil wir in Uerdingen zunächst keinen Internetanschluss haben. Selbst die Kabel müssen vollkommen neu gelegt werden. Im März wohnen wir beide in der Augustastraße und hoffen sehr, noch lange zusammen in diesem schönen Haus zu leben.

Quellen

- Wikipedia
- Internetseite: http://www.horst-peterburs.de
- General-Anzeiger für Krefeld und den Niederrhein vom Montag, dem 16. August 1909

Drei Reisen, eine davon das Ende

Während Karin wusste, dass ihr Vater im Sterben lag, trat sie dennoch ihre über ein halbes Jahr im Voraus geplante Schiffsreise auf einem Containerschiff an. Lange war es ihr Wunsch gewesen, einmal eine Reise mit dem Schiff zu unternehmen. Der Großvater war zur See gefahren, aber für Karin hatte es in der Kindheit nur zwei kleinere Fährüberfahrten gegeben. Deshalb wusste sie mit über fünfzig Jahren nicht, ob sie überhaupt seetauglich war. Seetauglich natürlich nicht in dem Sinne, dass sie auf einem Schiff nur irgendetwas leisten müsste außer Urlaub zu machen. Denn Karin wollte auf dem Containerschiff bloß mitfahren. Sie war sich nicht sicher, ob sie seekrank würde oder nicht. In den vergangenen Jahren waren Kreuzfahrten so preisgünstig geworden, dass es ihr durchaus möglich gewesen wäre, eine zu unternehmen. Aber die Idee von einem großen schwimmenden Hotel und vielen weiteren Reisenden hatte ihr nie gefallen. Sie wäre auch nie in ein Hotel-Resort an einem bekannteren, stark frequentierten Urlaubsort gereist. Auch die Vorstellung, sich zu bestimmten Anlässen auf einem Kreuzfahrtschiff auf eine vorgegebene und erwartete Art benehmen oder kleiden zu müssen, hatte ihr nicht gefallen, so dass eine solche Reise für sie nicht in Frage gekommen wäre. So hatten sich Karin und Richard sehr darüber gefreut, dass sie über einen Bekannten herausgefunden hatten, wie leicht es möglich war, als zahlender Passagier auf einem Containerschiff mitzureisen – für alle, die einigermaßen flexibel waren. Flexibel zu sein hatten sich Karin und Richard vorgenommen und so bereits am Jahresanfang für den Herbst eine Reise mit einem Containerschiff nach Polen über Schweden angefragt. Ihre Flexibilität hatten sie zum ersten Mal unter Beweis stellen müssen, als sie drei Wochen vor der geplanten Abreise die Nachricht erreichte, das Schiff fahre nun eine völlig andere Route und die Reise damit komme zeitlich nicht mehr für Karin und Richard in Frage. So hatten sie für einen ähnlichen Zeitraum kurzfristig eine Kabine auf einem Schiff gefunden, das über die Ostsee nach Finnland und zurückfahren würde. Ihnen war es ebenso recht gewesen.

Karins Vater war längst nicht mehr *in den besten Jahren*. Mit Mitte siebzig war er zwei Jahre zuvor völlig überraschend mit einer Krebsdiagnose konfrontiert worden. Lange hatte er recht erfolgreich gegen seinen tückischen Feind gekämpft, aber jetzt schien es vorbei zu sein. Es sah aus, als sollte der Vater unterliegen. Als ob der Kampf gegen den Krebs bald endgültig verloren sei und es dem Ende zugehe. Über zwei Jahre hatten alle Zeit gehabt, sich mit dem Gedanken des wahrscheinlichen Todes des Vaters auseinander zu setzen, aber wegen mancher guter Therapieerfolge hatte niemand wirklich damit gerechnet, am wenigsten der Vater selbst. Mittlerweile blieb allein die Frage, ob seine restliche Lebenszeit Wochen oder Monate sein würde. Selbst dass es nur noch Tage wären, ließ sich nicht vollkommen ausschließen. Karin hatte erwartet, dass der Sterbende die nahen Angehörigen gern in der letzten Zeit in seiner Nähe hätte. Der Vater sah das anders. Sein Anliegen an Karin und Richard war, dass sie ihre geplante Schiffsreise nicht absagten. Der Vater bestand darauf, dass Karin die Reise antrete, trotz seines schlechten gesundheitlichen Zustands. Oder vielleicht gerade deshalb?, fragte sich Karin. In den letzten Monaten, als mit seinem Tod noch nicht in naher Zukunft zu rechnen gewesen war, hatte der Vater sich aktiv für diese Reise mit interessiert. Weil der Zustand des Vaters sich innerhalb von Tagen rapide verschlechtert hatte, hatten Karin und Richard darüber nachgedacht, auf die Reise zu verzichten. Das war ihnen nicht leicht gefallen, denn sie hatten sich seit Monaten darauf gefreut. Diese eine Woche würde ihr einziger Urlaub in dem Jahr sein. Als von sich aus der Vater seinen vielleicht letzten an sie gerichteten Wunsch, sie sollten die Reise antreten, mit Nachdruck und starker Vehemenz zum Ausdruck brachte, war Karin fast erleichtert. Sie war überrascht von der zornigen Kraft, mit der der Vater meinte: „Die Reise ist auf keinen Fall abzusagen!" Als sie zaghaft ihre Bedenken wegen des schlechten Zustands des Vaters zum Ausdruck brachte, wurde er böse und wollte davon nichts hören. „Noch halte ich mich aufrecht!," rief er plötzlich mit fester Stimme. Im Marine-Traffic-Netz hatte er bereits Monate vor geplantem Reisebeginn die Wege und Routen des Schiffs, mit welchem die Tochter die Reise antreten wollte, online mitverfolgt. Er hatte sich beunruhigt gezeigt, wenn das Schiff länger als zu erwarten gewesen wäre irgendwo vor Anker lag. Warum ging es nicht weiter? Was war da los, dass es gar keine Bewegung gab? Gab es keinen Liegeplatz? Er hatte Karin und Richard schon zwei Monate vor der Reise sein Fernglas geliehen. Sie würden es auf dem Schiff brauchen, um Land sehen zu können. Der Vater hatte Sorge gehabt, dass er vergessen würde, es ihnen mitzugeben. Als die Seereise statt nach Polen plötzlich nach Finnland gehen sollte, war der Vater sehr ärgerlich geworden und hatte sich gefragt, ob das Ganze überhaupt noch etwas werden könnte.

Wenige Tage vor der Abreise der Tochter hatte der Vater beschlossen, seine Chemotherapie gegen den ihn seit zwei Jahren quälenden Bauchspeicheldrüsenkrebs abzubrechen. Das würde für ihn das Ende bedeuten, vielleicht ein schnelles, vielleicht ein langsames. Aber sehr schnell, nahezu unmittelbar und von einem Tag auf den anderen würde es ihn zum Pflegefall machen. Angestrengt hatte er versucht, diesen überraschend rapiden Verfall vor Karin geheim zu halten, zu bagatellisieren. Dies war geschehen, weil er auf jeden Fall wollte, dass Karin die Reise antrete. Das war das letzte Ziel, das er sich gesetzt hatte. Warum? Was für eine Motivation hatte er? Er hätte es selbst nicht sagen können. Es war ein unbestimmtes Gefühl. Zum einen ärgerte es ihn, wenn Leute Dinge geplant hatten und nicht ausführten. Das galt ganz allgemein und für alles. „Nicht reden, sondern machen!", schrie es in ihm. Karin hatte die Reise geplant, den Urlaub dafür reserviert und sicher schon alles im Voraus bezahlt. Unzuverlässige jüngere Leute wie seine Tochter schlossen in der Regel nicht einmal eine Reiserücktrittsversicherung ab. Karin sollte die gebuchte Reise gefälligst in Anspruch nehmen, damit er sich nicht noch mehr über sie ärgern musste. Geld und andere Ressourcen vergeudete man nicht einfach, das hatte der Vater gelernt und vergebens versucht, an seine beiden Kinder weiterzugeben. Das andere war: Der Vater gewann auf diese Art das diffuse Gefühl, seinen eigenen Tod hinauszögern, vielleicht sogar verhindern zu können. Wenn sein letztes verbleibendes Kind auf See war, würde er nicht einfach sterben. Dass er derart irrational war, hätte er niemandem erzählt. Lächerlich wäre so etwas! Dazu kam, dass der Vater es sein ganzes Leben gewohnt gewesen war, sich selbst hintanzustellen. Andere bitte zuerst, er hatte keine Bedürfnisse. Die Tochter musste seinetwegen nicht von ihrer Reise zurücktreten. Ganz gleich, welche Gründe es geben mochte. Er war es nicht, der jemandem den Urlaub verdarb. Außerdem hatte der Vater sich lange für die Reise interessiert. Jetzt sollte sie stattfinden, damit er sich damit beschäftigen konnte. Das war alles. Mehr wollte er nicht.

Wenn er nachts nicht schlafen konnte, dachte er oft darüber nach. Wie angenehm wäre es, selbst noch einmal zu verreisen, im nächsten Jahr wieder. Als wäre es nur ein hässlicher Traum, dass er bald sterben sollte. So dachte er in diesen Tagen, von denen jetzt sicher war, dass es seine letzten sein würden. Allein wie viele ihm blieben, konnte er nicht wissen. Wie viele, und wie viele davon noch bei vollem Bewusstsein und klarem Verstand. Das war das Eigentliche. Wenn er nichts mehr wahrnehmen würde, wäre es vorbei für ihn. Karin sollte die Reise machen. Vorher wollte er sie nicht mehr sehen. Auf gar keinen Fall würde er erlauben, dass sie ihn vor der Reise besuchte. Wenn sie ihn in diesem verfallenen Zustand sähe, so fürchtete er, würde sie die Reise absagen. Was aber wäre, wenn er das Ende der Reise der Tochter nicht mehr erleben würde? Das war ein Risiko. Dann würde er Karin nicht mehr sehen, so wäre es eben. Sein letztes Risiko sollte es sein, die Wette galt. Er hatte Schlimmeres erlebt. Die Frau war ihm vor Jahren schon an Krebs gestorben. Er hatte gesehen, wie der Krebs sie innerhalb von Tagen zerfressen hatte. So wusste er, was ihn selbst erwartete. Sein einziger Sohn hatte sich schon als junger Mann umgebracht. Jetzt hatte er nur noch ein Ziel: die

Reise. Der Tochter gegenüber erklärte er, er wolle sie erst nach der Reise wiedersehen. In doch nur ein wenig mehr als einer Woche solle Karin ihn besuchen. Er fühle sich nicht gut. Im Moment sehe er sich dadurch sehr strapaziert. Karin müsse ihm etwas Ruhe geben, weil er viel zu erledigen, zu ordnen habe. All das sei anstrengend für ihn, viel ermüdender als vor ein paar Wochen, als er sich noch gut gefühlt habe. Aber er wolle es selbst tun und nicht seine Frau damit belasten. In jedem Fall seien all das genügend Gründe, die unbedingt verhinderten, dass die Tochter ihn vor ihrer Reise besuche. Sie solle am Tag nach der Reise kommen. Da würde sie gewiss viel zu erzählen haben.

Erst wenige Wochen zuvor hatte der Vater seinen gegen den Rat der Ärzte angetretenen Urlaub vorzeitig abbrechen müssen. Das war für ihn nach zwei Jahren erfolgreichem Kampf gegen den Krebs der Anfang vom Ende gewesen. Plötzlich war er an einer Gelbsucht erkrankt, die er mit keinem Mittel mehr los wurde. Des Vaters letzte Urlaubsreise hatte ihn nach Bornholm geführt. Mit der neuen Frau, die er nach dem Tod der Mutter geheiratet hatte, war er in den letzten Jahren regelmäßig dahin gereist, um Zeit in einem Ferienhaus zu verbringen. Auch Karin sollte auf ihrer Schiffsreise nach Finnland die Insel passieren. Der Vater hatte sich schon darauf gefreut, das Vorbeifahren an Bornholm live im Marine-Traffic-Netz zu beobachten. Er war zwar nur noch müde und fast am Ende seiner Kräfte, aber das Lesezeichen von Marine Traffic zu dem Containerschiff, das er sich auf seinem Computer schon Monate vor der Reise abgelegt hatte, rief er regelmäßig auf. Alles, was er jetzt tat, nahm ein Vielfaches der Zeit in Anspruch, die es ihn vorher gekostet hatte. Er fühlte sich zu schwach und zu elend, um das Haus zu verlassen. Aber seinen Computer schaltete er ein. Das konnte er jederzeit tun, wenn er es wollte, wenn er sich wach und stark genug dafür fühlte, wenn er meinte, wieder ein wenig Kraft zu haben. Ganz anders war es, wenn jemand anrief. Das taten naturgemäß jetzt viele seiner alten Freunde, weil sie sich nach dem Befinden des Vaters erkundigen wollten. In bester Absicht und großer Sorge geschah das – und die Anrufer konnten sich kaum vorstellen, wie sehr sie störten. Der Vater war gerade zu schwach zum Reden oder lag im Halbschlaf herum. Wenn dann das Telefon schellte, packte ihn die Wut. War er nicht bereits krank genug? Jetzt wurde er zusätzlich noch durch Anrufe gequält. Das Sprechen strengte ihn an. Er wollte kein Jammerlappen sein. Beim Sprechen am Telefon musste er sich verstellen, weil er vortäuschen wollte, dass er stärker war, als es tatsächlich der Fall war. Es kostete ihn unendliche Kraft, mit fester Stimme zu sprechen. Es machte den Vater rasend, dass ihm das zugemutet wurde. Was wollten die von ihm, warum schikanierten die ihn? Wenigstens die Tochter sollte ihn in Ruhe lassen und ihm E-Mails schicken. Und bitte auf keinen Fall anrufen, bevor sie zurück sei von der Reise. Wenn es erforderlich sei, werde er sich melden.

Karin war erleichtert, dass sie mit dem Vater per E-Mail korrespondieren durfte. So schien er ihr viel mehr der frühere Vater – der Vernünftige, Reflektierte. Der Gesunde, der er einmal gewesen war, und nicht der Wütende, den außer dem Krebs sein Zorn zerfraß. Der Vater mochte sich mit dem zu erwartenden Tod nicht abfinden. Darauf, dass er wirklich sterben würde, hatte er sich nicht eingestellt. Wenn er am Telefon sprach, war er deshalb nicht nur müde, sondern auch verbittert und böse. Zeitweilig verhielt er sich sogar jammernd und weinerlich, schließlich wieder aggressiv. Selbstbespiegelung und Eitelkeit waren ihm sein ganzes Leben lang fremd gewesen. Er hatte sich niemals *dumm angestellt* und war immer hart im Nehmen gewesen. Dasselbe hatte er von seinen Kindern erwartet.

Warum sollte er denn jetzt sterben? Hatte er nicht zwei Jahre damit verbracht, seinen Krebs zu bekämpfen? Hatte er nicht alle möglichen Therapien über sich ergehen lassen – und lange genug die Ärzte Lügen gestraft, die ihm nach der ersten Krebsdiagnose bloß drei verbleibende Wochen Lebenszeit prognostiziert hatten? „Ein inoperabler Bauchspeicheldrüsenkrebs, fortgeschritten. Wir können nichts mehr für Sie tun", hatte es geheißen. Der Vater aber war sein Leben lang ein Sportler und Wettkämpfer gewesen, bis zuletzt. Er war nicht bereit gewesen, sich mit dem Schicksalsspruch der Ärzte abzufinden und hatte eine Chemotherapie begonnen. Mit dieser hatte er – ganze zwei Jahre lang – den Krebs nicht nur in Schach gehalten, sondern sich zusätzlich weiterhin ein recht *normales* Leben ermöglicht. Wenn sich bei einer solchen Diagnose von einem *normalen* Leben reden lässt. Dieses war unterbrochen gewesen durch unangenehme und aufwendige Behandlungen, aber der Vater hatte sich damit nach einiger Zeit stoisch abgefunden und die aggressive Krebstherapie überraschend gut vertragen. Ein durchschnittlicher Mann, der Mitte siebzig war, machte nicht wie selbstverständlich Radtouren, bei denen er täglich sechzig Kilometer zurücklegte. Er ging auch in dem Alter nicht unbedingt in den Bergen wandern. Aber all das hatte der Vater zwei Jahre lang trotz und neben seiner Chemotherapie getan. Sein Leben war eingeschränkter geworden, weil er weniger Süßes essen, kaum noch Alkohol hatte trinken dürfen. Am besten gar nichts davon, aber ein wenig hatte er sich nach wie vor erlaubt, um durch den Genuss mehr Freude am Leben zu haben. Zwei Jahre lang war all das möglich gewesen, selbst das Verreisen mit dem eigenen Auto oder das Fliegen in den Urlaub. Die letzte Reise mit dem Auto hatte der Vater nach der Hälfte der Zeit abgebrochen. Er hatte sich viel zu krank gefühlt, um zu bleiben. Jetzt war für ihn an keine weitere Ferienreise mehr zu denken, und der Vater konnte es nicht fassen. Nach all dem Kampf gegen die Krankheit war das so schnell geschehen, dass er gegen die Chemotherapie plötzlich immun geworden war. Der Vater war äußerst wütend und enttäuscht. Er hatte alles richtig gemacht – und jetzt das! Er hatte niemals qualvoll krepieren wollen. Gab es jemanden, dem man solch einen Tod wünschen würde? Natürlich nicht. Der Vater fand, dass er noch nicht fertig war. Lange Zeit seines Lebens hatte er irgendeinen langweiligen Mist gemacht, weil alle das so getan hatten, weil es von ihm erwartet worden und weil ihm nichts Besseres eingefallen war. Mit Mitte zwanzig hatte er eine Familie gegründet, mit Ende zwanzig hatte er ein Haus gebaut und sich auf dreißig Jahre verpflichtet, dieses abzuzahlen. Gleichzeitig hatte er allein von seiner Arbeit die Frau und die beiden Kinder ernährt. Die hatten es ihm nicht gedankt. Alles war für sie selbstverständlich gewesen. Es war nicht so ausgegangen, wie er es sich erhofft hatte. Die Ehe war unglücklich gewesen, die erste Frau lange tot. Beide Kinder waren auf ihre Art missraten, wie genau, hätte der Vater nicht sagen können. Er hätte sie sich anders

gewünscht, und der Sohn war von allen Familien-
mitgliedern am längsten tot. Das Haus, für das der
Vater so sorgfältig geplant und eisern gespart hatte,
hatte er nach dem Tod seiner Frau verkauft. Weit mehr
als ein Jahr hatte er darin noch allein gewohnt. Das
hatte ihm gereicht. Insgesamt war es kein erfülltes
Leben gewesen. Wenn er es noch einmal von vorn
hätte beginnen dürfen, hätte er es kein zweites Mal so
gelebt. Das war sicher. Aber so waren eben damals die
Zeiten gewesen. Die meisten anderen seiner
Generation hatten keinen anderen Lebensentwurf
gehabt. Wenigstens die letzten acht Jahre nach dem
Tod seiner ersten Frau hatte der Vater ein paar Dinge
getan, an denen er Spaß gehabt hatte. Er war ein wenig
verreist, hatte auswärts und in Gesellschaft, ganz wie
es ihm gefallen hatte, gut gegessen und getrunken.
Sogar in China und in Indien war er erst vor Kurzem
gewesen – er, der niemals außerhalb Europas gereist
war, bevor er ein alter Mann geworden war. Der Vater
musste sich jetzt wenigstens nicht vorstellen, was er
alles noch Interessantes getan hätte, wenn er nur
endlich die Zeit und die Muße, das Geld und die
richtige Partnerin gehabt hätte. In den letzten Jahren
hatte alles gepasst, und er hatte Dinge erlebt und gesehen, von denen er früher nicht zu träumen gewagt
hätte. Es mochte jedem passieren, dass er schwer er-
krankte. Aber der Vater hatte sich seiner Ansicht nach
gut gewehrt, sich gekümmert, sich um eine ordentliche
Therapie bemüht, sich dann streng an die Regeln
gehalten. Das sollte nicht funktioniert haben? Dass
ausgerechnet er, diszipliniert und korrekt, wie er immer gewesen war, dahinsiechen, langsam abkratzen,
elend verrecken sollte – das war für ihn nicht einzuse-
hen. Dass jeder selbständige Toilettengang jetzt eine

Weltreise für ihn war. Eine unvorstellbare Unverschämtheit war das. Das ließ sich nicht akzeptieren. Der Vater fühlte sich völlig vernichtet. Wenn er nur jemanden anzeigen oder verklagen könnte für das Unrecht, das ihm widerfuhr. Gedanklich schlug er Tag für Tag Menschen zu Boden. Das waren keine ihm bekannten Menschen, die er in seiner Vorstellung aus der Welt schlug. Es handelte sich um Straftäter, über die er im Fernsehen etwas hörte. Oder um Politiker, die seiner Ansicht nach sowieso alle nur Verbrecher waren und das Volk belogen. Die Obrigkeit! Eine kleine und korrupte Clique! Der Vater war unvorstellbar wütend darüber, dass er so elendig sterben würde und nichts dagegen sollte unternehmen können. Während alle Unverschämten und Ungerechten einfach machten, was sie wollten! Und ewig so würden weitermachen dürfen, während er viel zu krank und schwach war, um einzuschreiten und ordentlich dazwischen zu hauen. Zu schwach war er inzwischen, um überhaupt aus dem Haus zu gehen. „Aufhängen sollte man die!", krächzte er mit verzweifeltem Hass. Wie lange sollte er vor sich hinvegetieren? Es reichte ihm!
Trotz des Krebs-Endstadiums hatte der Vater fast keine Schmerzen. Die Schmerzmittel wirkten. Aber was nützte ihm das, wenn es im Kopf raste wie verrückt. „Aufhängen!", dachte er, wenn er nachts erwachte und sich seiner Lage bewusst wurde. „Die sollte man alle aufhängen!"

Trotz aller Widrigkeiten und der Überlegung, ob sie die Reise vielleicht hätten gar nicht antreten sollen, wurde der kurze Urlaub für Karin und Richard eine sehr große Freude. Wie bei Reisen mit Containerschiffen üblich, war nichts im Voraus sicher planbar.

Vorherbestimmt war die Route – sie wussten, dass sie über den Nordostseekanal und die Ostsee nach Finnland und wieder zurückreisen würden. An der Schleuse in Brunsbüttel sollten sie am frühen Abend zusteigen, bevor es durch den Nordostsee-Kanal weiterging. Dazu gab es bloß zwanzig Minuten Zeit, und fast hätten Karin und Richard den Zustieg verpasst, weil – trotz großzügig eingeplanten Zeitpuffers – die Anreise mit dem Auto sich wegen unvorhersehbarer Staus so stark verzögert hatte, dass sie erst eine halbe Stunde nach der geplanten Abreise des Containerschiffs in Brunsbüttel ankamen. Zu einem Nadelöhr hatte sich an diesem Samstag die Umgebung von Hamburg entwickelt. Wie Karin später herausfand, war der Grund dafür wohl ein in Hamburg stattfindendes Rolling-Stones-Konzert gewesen, das so viele Leute gleichzeitig auf die Autobahn gelockt hatte. Es gehörte an diesem Tag zu Karins und Richards außerordentlichem Glück, dass das Schiff ebenfalls Verspätung hatte und sie problemlos mitnehmen konnte. Erhofft war zweimaliger Landgang in Finnland – einmal in Kotka und einmal in Helsinki, wobei das nicht garantiert und abhängig davon war, wann und zu welchen Bedingungen das Schiff in den jeweiligen Containerhäfen würde einlaufen können. Kotka, eine kleine Stadt, die nicht sehr weit entfernt von der russischen Grenze lag, war das weiteste Ziel. Auf dem Rückweg sollte in Helsinki ein Stopp eingelegt werden, um erneut Container zu ent- und beladen. Erfreulicherweise kam das Schiff an beiden Orten am frühen Nachmittag und nicht erst nachts an, so dass Karin und Richard für ein paar Stunden von Bord gehen und die Städte kurz besichtigen konnten. Die Mannschaft verließ nahezu nie das Schiff. Das Leben auf dem Containerschiff war hart, und Karin hatte gelesen, dass über die Seeleute mittlerweile behauptet wurde, sie seien die LKW-Fahrer der Meere. Hatte das Schiff im Hafen angelegt, wurde weiter gearbeitet. Einen guten Teil der Verlade-Arbeiten, welche früher die Dockarbeiter erledigt hatten, übernahm inzwischen zusätzlich die Crew. Die Seeleute waren moderne globale Saisonarbeiter, wie sie in allen Branchen zu finden sind: Der Kapitän und die Offiziere verbrachten in der Regel auf solch einem Schiff vier Monate, die Mannschaft neun bis zwölf. Das Ganze war sehr anstrengend, weil es in der Zeit allenfalls hier und da einen „freien Tag" ohne allzu viel Arbeit an Bord gab, möglicherweise war mit etwas Glück sogar einmal ein Landgang drin, aber Urlaub gab es nicht. Da die Seeleute als Selbständige galten, hatten sie keine Rentenversicherung. Wenn ein Vertrag auf einem Schiff auslief, suchten sie sich die nächste Beschäftigung auf einem anderen Schiff. So konnte es dazu kommen, dass sie hin und wieder ein bis zwei unbezahlte Monate „Urlaub" am Stück hatten – aber das war in diesem Fall genauso wie bei allen Selbständigen: Wer keinen Auftrag hat, verdient kein Geld.

Die Offiziere und der Kapitän auf dem Schiff, auf welchem Karin und Richard reisten, waren Russen und Ukrainer, die Crew bestand ausschließlich Filipinos. Zur Gruppe der Offiziere zählte gleichfalls der ukrainische Koch Maksym, der täglich mindestens drei warme Mahlzeiten in seiner kleinen Kombüse kochte. Für ein so großes Schiff erschien eine Besatzung von zwölf Personen Karin sehr wenig, aber das konnte der Grund dafür sein, dass rund um die Uhr gearbeitet wurde. Niemals geschah es, dass alle Besatzungsmitglieder gleichzeitig schliefen. Die Mannschaft verhielt sich ihren zahlenden Gästen gegenüber zurückhaltend höflich. Wenn Karin und Richard eine Frage hatten, wurde diese sofort beantwortet. Insgesamt aber wurden die beiden Gäste weitgehend ignoriert – denn die Anwesenheit von zusätzlichen Leuten an Bord erzeugte Mehrarbeit, für die es für die Mannschaft weder Zeit noch zusätzliches Geld gab. Allein der Reeder verdiente an der vermieteten Kabine, wenngleich nicht sehr viel. Denn eine solche Reise war für die Gäste sehr preisgünstig. Wer jedoch großen Komfort, Service und Unterhaltung an Bord erwartete und sich nicht stundenlang allein zu beschäftigen wusste, für den war eine einsame Reise auf dem Containerschiff mit nicht einmal garantierten Landgängen nicht das Richtige. Wer nicht gut zu Fuß oder wer körperlich eingeschränkt war, suchte sich besser eine andere Art von Urlaub aus, wie zum Beispiel eine Reise auf einem Kreuzfahrtschiff. Ein wenig Sicherheit verschafften sich die Reedereien, indem sie von Passagieren, die älter als sechzig Jahre waren, ein ärztliches Attest bezüglich der körperlichen Verfassung verlangten. Zusätzlich war es erforderlich gewesen, im Voraus eine Auslandskrankenversicherung und eine Deviationsversicherung abzuschließen. Insbesondere die Deviationsversicherung war für die Reederei wichtig, weil kein Reeder das Risiko von hohen finanziellen Verlusten tragen wollte, falls das Schiff von seiner ursprünglich geplanten Reiseroute würde abweichen müssen. Anders als bei einem Passagierschiff befand sich auf dem Containerschiff kein Arzt an Bord. Sollte es erforderlich werden, dass ein Passagier – oder auch ein Crew-Mitglied – dringend medizinisch versorgt werden müsste, würde das Schiff eventuell in einem nicht auf der Reiseroute vorgesehenen Hafen einlaufen. Die daraus entstehenden, möglicherweise erheblichen Kosten sollte die Deviationsversicherung übernehmen.

Während der Reise waren Karins Gedanken ständig beim Vater. Direkt am ersten Reisetag, der komplett auf See verbracht wurde, fuhr das Schiff an Bornholm vorbei. Das war das letzte Reiseziel des Vaters gewesen. Für den Aufenthalt waren zwei Wochen geplant gewesen, aber der Vater und seine Frau hatten den Urlaub nach nur der Hälfte der Zeit abbrechen müssen. Die Krankheit des Vaters hatte sich ihren Weg ins Endstadium gebahnt. Jetzt, nur wenige Wochen später, passierten Karin und Richard mit dem Containerschiff Bornholm. Obwohl der Vater darum gebeten hatte, keine Bilder von der Reise zu schicken, da selbst das Abrufen von E-Mails für ihn zunehmend anstrengend wurde, nahm Richard ein Bild von der Insel auf. Da sie nah genug an Bornholm vorbeifuhren und deshalb W-LAN hatten, konnten sie das Bild sofort an den Vater übermitteln. Karin hoffte sehr, dass der Vater die E-Mail öffnen und sich etwas darüber freuen würde. Dass er ihr sowieso nicht zurückschreiben würde, hatte er schon angekündigt. Weil sie ihn vor der Reise nicht mehr hatte besuchen dürfen, hatte Karin keine Vorstellung vom Zustand des Vaters. Würde er nach ihrer einwöchigen Reise überhaupt noch leben, so dass sie ihm die Urlaubsbilder persönlich würde zeigen können? Jetzt lebte er noch und würde sich vielleicht etwas über das Bild freuen. Das dachte sie sich. Umso erfreuter war Karin, als der Vater auf das Bild von Bornholm antwortete. Die E-Mail war nur kurz: „Ich wünsche Euch weiter eine gute Reise und verfolge über Marine Traffic genau Eure Tour. Sonst geht es mir akzeptabel gut." Das war weit mehr als erwartet. Karin war sich sicher, dass das als „akzeptabel gut" bezeichnete Befinden des Vaters heißen sollte, dass sie sich keine Sorgen machen und den Urlaub so weit wie möglich genießen sollten. Das war eine Aufforderung. Sein Wunsch, sich selbst hintanzustellen und dafür zu sorgen, dass die Kinder wenigstens einen ordentlichen Urlaub machten. Für ihn war sowieso alles verloren. Der Hinweis, dass er die Tour auf Marine Traffic genau verfolge, sollte heißen, dass es nicht erforderlich, ja, dass es unerwünscht war, dass Karin weiterhin Mails mit Statusmeldungen und Bildern schickte. Der Vater wisse schon, wo sie sich aufhielten und müsse nicht jeden Tag mit E-Mails belästigt werden, von denen Karin vermutlich doch erwartete, dass sie beantwortet würden. Karin nahm das zur Kenntnis. Sie kannte ihren Vater gut und beschloss, sich seinem Wunsch gemäß zu verhalten. Es sollte sich im Nachhinein zeigen, dass sie mit ihrer Interpretation des väterlichen Verhaltens Recht gehabt hatte. Allerdings stellte sich später heraus, dass der Vater trotz seines sehr elenden Zustandes tatsächlich wieder und wieder – vor allem nachts, wenn er nicht schlafen konnte – seinen Computer angeschaltet hatte, um die Reise im Marine Traffic online zu verfolgen.

Karin und Richard gefiel die Reise, und besonders genossen sie dabei, dass außer ihnen beiden keine weiteren Passagiere an Bord waren. Auf dem Schiff durften sie sich überall frei bewegen – nur beim Be- und Entladen war es ihnen aus Sicherheitsgründen nicht erlaubt, sich auf Deck aufzuhalten. Das war nicht ärgerlich für sie, weil sie im Hafen sowieso an Land gehen wollten. Entgegen ihren Befürchtungen wurden die beiden nicht einmal seekrank. In Kotka hatten sie so viel Glück, dass das Schiff am Nachmittag anlegte und erst nachts weiterfuhr. Die Stadt in der Nähe der russischen Grenze war mit unter 55.000 Einwohnern nicht sehr groß, bot aber doch einige außergewöhnlich schöne Parks. Das ebenfalls sehenswerte maritime Museum hatte bereits geschlossen, als Karin und Richard mit dem Taxi vom recht weit entfernten Containerhafen eintrafen. Nach einem ausgedehnten Spaziergang im vom Taxifahrer empfohlenen Wasserpark gingen Karin und Richard in einige Geschäfte der Stadt, um sich beim Blick auf die Angebote und Lebenshaltungskosten einen Eindruck vom Leben in Kotka zu verschaffen. Außerdem wollten sie für die Mannschaft, die an Bord hatte bleiben müssen, ein paar landestypische Süßigkeiten mitbringen. Dem besonders freundlichen Koch Maksym und einigen anderen, mit denen sie an Bord schon gesprochen hatten, hatten Karin und Richard angeboten, etwas beim Landgang für sie einzukaufen. Aber keiner hatte das Angebot angenommen. Im Supermarkt stellten die Reisenden fest, wie viel teurer als bei ihnen die Lebensmittel waren. Insbesondere wer Alkohol trinken wollte, musste viel dafür bezahlen, aber das überraschte Karin und Richard nicht. Nach ein paar kleineren Einkäufen beschlossen sie, essen zu gehen. Schnell fanden sie ein indisches Restaurant, bei dem das Essen ihnen nicht weniger gut schmeckte als in den indischen Restaurants, die sie aus Deutschland kannten. Auch der Preis für das Essen schien ihnen nicht übermäßig hoch, wenn sie vom Bierpreis einmal absahen. Bevor Karin und Richard wieder an Bord gingen, tranken sie im indischen Restaurant ein lokales Bier zum doppelten Preis dessen, was sie zu Hause dafür bezahlt hätten.

Auf dem Containerschiff gab es ein Alkoholverbot. Dieses strenge Verbot galt zwar nur für die Mannschaft, aber da diese keinen Alkohol trinken durfte, gab es an Bord keinen Alkohol zu kaufen. Karin hatte sich einen klaren Schnaps in einer neutralen Glasflasche abgefüllt und diese in ihre Kabine mitgebracht. Ganz so dringend brauchte sie den täglichen Alkohol nicht, aber die Möglichkeit, etwas zu trinken, wenn sie Lust darauf hatte, wollte sie für sich nicht ausschließen. Besonders während des Jahresurlaubs sah sie keinen Grund, sich von vornherein einzuschränken.

Zu essen jedoch gab es an Bord regelmäßig mehr als genug, und Maksym war stets von Neuem erschrocken darüber, wie wenig Karin und Richard aßen. Insbesondere ging es ihm dabei um Richard, denn von Frauen erwartete Maksym nicht unbedingt, dass sie ständig Hunger hatten. An Bord gab es traditionelle russische Küche, bei der in der Regel viel Fleisch serviert wird. Weil aber Maksym ein außerordentlich guter und einfallsreicher Koch war, hatte er neben großem Erstaunen keine Probleme mit den zwei Vegetariern. Er ließ für Karin und Richard nicht einfach das Fleisch weg, indem er Pizza für die beiden nur mit Gemüse belegte und Lasagne für sie mit Spinat füllte, sondern erfand sogar zum Teil neue fleischlose Mahlzeiten. Jedes Mal gab es vor dem Mittagessen eine Suppe – einmal mit Pilzen, ein anderes Mal mit Buchweizen. Nichts kam aus der Tüte, denn Maksym hatte ein begrenztes Budget. Er bereitete alles frisch zu, was insgesamt billiger war, als wenn er Fertiggerichte serviert hätte. Das bedeutete für ihn viel Arbeit, und so war er seine komplette Schicht – von 6 Uhr morgens bis 18 Uhr abends – in seiner Küche dabei zu sehen, wie er entweder Berge von Kartoffeln schälte oder große Mengen von Geschirr mit der Hand spülte. Über einen Geschirrspüler verfügte Maksym nicht. Er hatte im wörtlichen Sinn „alle Hände voll zu tun": Zum Nachtisch schnitt er Melonen auf oder legte jedem der von ihm Versorgten eine Birne neben den Teller. Es hieß, dass der sonst so freundliche Koch böse werde, wenn jemand das Obst nicht aß. Frisches Obst war teure Ware. Das wurde nicht einfach liegen gelassen.

Wenn Maksym die Teller mit seinen feinen Suppen reichte, begleitete er dies stets mit einem vornehm ausgesprochenen „Bon Appétit". Der Rest der Mannschaft akzeptierte gelegentlich, dass die Bordsprache Englisch war und wünschte sich deshalb zu den Mahlzeiten – für alle verständlich, denn ein Englisch-Muttersprachler war nicht an Bord: „Good Appetite". Auf die Idee „Enjoy your meal" zu sagen, wäre niemand gekommen. Karin erinnerte sich daran, dass sie Anfang der achtziger Jahre des vergangenen Jahrhunderts einmal in Bremerhaven ein Containerschiff besichtigt hatte. Dieses Schiff hatten sie und ihre Freundin als Sensation wahrgenommen, denn zu der Zeit waren Containerschiffe noch nicht so häufig zu sehen gewesen wie heute. Die gesamte Mannschaft des damals in Bremerhaven liegenden Schiffs hatte aus Briten bestanden – das wäre fast vierzig Jahre später zu Zeiten der Globalisierung kaum vorstellbar. Die Besatzung des Containerschiffs, auf dem Karin und Richard reisten, kam aus aller Welt. Neben ihrer Qualifikation entschied der Preis der Seeleute darüber, ob sie Arbeit hatten oder nicht. Karin fiel ein, dass der Kapitän, der ihr und einer Freundin vor vielen Jahren erlaubt hatte, zum ersten Mal ein Containerschiff zu besichtigen, eine maritime Uniform getragen hatte. Auch das wäre auf einem Containerschiff höchst unwahrscheinlich. Es ließ sich ohne Übertreibung behaupten, dass sowohl der Kapitän als auch seine Leute eine Art Fernfahrer der Meere waren. Sie befanden sich stets unter Zeitdruck – und niemand hätte heute mehr zwei unangemeldeten Schülerinnen einen Schiffsrundgang mit anschließender Einladung zum Essen in der Offiziersmesse ermöglicht. Ein solches Erlebnis wäre nicht nur aus Zeit-, sondern selbstverständlich ebenso sehr aus Sicherheitsgründen nicht mehr denkbar. An Stelle einer Uniform trug der moderne Kapitän eine Jogginghose und ein T-Shirt. Das erklärte sich einfach damit, dass das als Arbeitskleidung am bequemsten war. Karin war nicht sicher, ob es überhaupt Uniformen für die Besatzung gab. Es war auf einem Containerschiff nicht wichtig, äußerlich etwas zu repräsentieren. Kleidervorschriften waren nur von Bedeutung, wenn es um die Sicherheit ging.

Am Sonntag, und nur am Sonntag, bekam die Mannschaft Eis als Nachtisch. Maksym rührte zusätzlich eine Schokoladensauce dafür an. Der Sonntag sei „Children's Day", meinte der Koch lachend. Besonders froh war die Mannschaft, wenn der Sonntag zufällig ein Seetag war und nicht be- und entladen werden musste. Auf See war der Sonntag fast ein Feiertag, und wenn es nach dem sehr frühen Abendessen als Nachtisch die Portion Eis für jeden gab, war es erst recht wie ein Urlaubstag.

Karin und Richard beschäftigten sich an Bord viel mit Lesen. Sie gerieten in einen kleinen Sturmausläufer, es wurde ihnen der Maschinenraum gezeigt. In Helsinki hatten sie ein zweites Mal Gelegenheit, einen Nachmittag an Land zu verbringen. Von dort aus ging es wieder zurück nach Deutschland. Auf dem Weg vom Landgang in Helsinki zurück zum Schiff erhielt Karin vom Vater überraschend eine E-Mail. Sie saß gerade in der U-Bahn, auf dem Weg zum bald ablegenden Schiff. Der Vater schrieb, sein Cousin, der vier Tage älter als er war, liege überraschend im Koma. Dieser Cousin war ihm besonders wichtig, nicht nur, weil er fast auf den Tag genau gleich alt war, sondern auch, weil er zusammen mit dem Vater aufgewachsen war. Noch drei Tage, dann würden Karin und Richard den Vater besuchen.

Am letzten Abend der Reise, Karin und Richard hatten gerade eine von Maksym vorzüglich zubereitete Gemüselasagne gegessen, da sah Karin auf dem Display ihres Telefons, dass der Vater angerufen hatte. Nicht nur weil Karin ihr Telefon in der Handtasche aufbewahrte, sondern auch weil es auf dem Schiff konstant laut war, hatte sie das Klingeln nicht gehört. Karin erschrak. Wenn der Vater angerufen hatte, konnten das keine guten Nachrichten sein. Überhaupt: Wie konnte sie wissen, dass es der Vater gewesen war, der versucht hatte, sie zu erreichen? Vielleicht war es die Frau des Vaters gewesen, die von dessen Telefon angerufen hatte, um die furchtbarsten Mitteilungen über seinen Zustand, vielleicht gar die endgültige von seinem Tod zu überbringen? Warum sonst würde der Anrufende keine Nachricht hinterlassen? Karin ging nach draußen, sie waren in der Nähe des Festlands und hatten telefonischen Empfang. Sie ging allein, blickte auf das Meer, rief die Telefonnummer des Vaters an, das Schlimmste erwartend. Umso überraschter war sie, die Stimme des Vaters zu hören, fest und gefasst. Sein Cousin sei gestorben. Die Frau des Vaters habe mit der

Nachricht abwarten wollen, bis Karin und Richard den Urlaub beendet hätten, aber der Vater habe darauf bestanden, die Todesmeldung selbst zu übermitteln. Persönlich und sofort. Karin war erleichtert, dass der Cousin des Vaters und nicht der Vater selbst gestorben war. Der Vater, streng und ernst: „Maria wollte es euch vorerst ersparen, aber ich war der Ansicht, ihr solltet es sofort wissen." Karin versuchte, beim Antworten erschrocken und nicht erleichtert zu klingen. In anderen Zusammenhängen wäre sie erschrocken über den plötzlichen und unerwarteten Tod des nahen Verwandten. Aber wer eine furchtbare Nachricht erwartet und überraschend eine für ihn weniger furchtbare Nachricht erhält – der ist meist erleichtert. So drückte Karin dem Vater gegenüber ihr Erschrecken und Bedauern aus, wünschte ihm alles Gute und versicherte ihm den baldigen Besuch. Noch eine halbe Nacht auf dem Schiff blieb Karin und Richard. An dem frühen Morgen, an dem sie das Containerschiff verlassen würden, war Maksyms 27. Geburtstag. Es war nicht sicher, ob die Mannschaft das wusste und ob es eine Feier geben würde. Und falls ja: Maksym war der Koch, und wenn irgendetwas mit Essen gefeiert würde, hätte er die ganze Arbeit damit. Karin und Richard würden Maksym an seinem Geburtstag nicht mehr sehen. Am Abend hatten sie sich bei ihm verabschiedet und sich für die ausgezeichnete Versorgung bedankt. Der freundliche Koch und sein gutes Essen waren ein wesentlicher Bestandteil der angenehmen Reise gewesen. Ein Trinkgeld, da waren sich Karin und Richard einig, konnten sie ihm nicht geben. Sie waren nicht auf einem Kreuzfahrtschiff, und Maksym war kein Service-Angestellter. Dass er freundlich und sein Essen vorzüglich war, war Glück für die beiden

Reisenden, aber das hatten sie nicht „gebucht". Es hätte ebenso gut anders sein können, und sie hätten sich damit abfinden müssen. Ohne den Ingenieur zu beleidigen, der ihnen ohne Verpflichtung den Maschinenraum gezeigt hatte, ohne das Crewmitglied zu kränken, das ihnen die ausgefallene Beleuchtung in der Kabine wiederhergestellt hatte, konnten Karin und Richard dem Koch kein Trinkgeld geben. Karin hatte jedoch zu Beginn der Reise das Geburtsdatum von Maksym in einer Mannschaftsliste gesehen, die in der Messe aushing – und dabei festgestellt, dass der Koch während ihrer Reise Geburtstag haben würde. In Kotka, direkt beim ersten Landgang, hatten sie ihm eine Karte gekauft. Zufällig hatten sie in einem Lebensmittelgeschäft eine Geburtstagskarte mit einem Seeräuber-Motiv gefunden. Der Glückwunschtext war auf Finnisch, aber mit einem Übersetzungsprogramm würde Maksym sicher herausfinden, dass es sich nur um gute Wünsche handelte. Mit etwas Geld zusammen und einer Tafel Schokolade platzierte Richard den Umschlag nachts beim Verlassen des Schiffs in Maksyms Küche. So würde der Koch morgens um sechs, wenn er wie jeden Tag an Bord seinen Dienst antrat, die kleine Aufmerksamkeit vorfinden und sich vielleicht darüber freuen. Karin und Richard würden es nie erfahren, aber die Vorstellung machte sie froh: dass sich möglicherweise jemand freuen würde. Das Leben ging weiter, einer hatte Geburtstag. Ein anderer war gestorben, ein Dritter lag im Sterben. Das war der Lauf der Welt, Tag für Tag, und doch bedeutete es stets für diejenigen, die es gerade betraf, entweder ein großes Glücks- oder Unglücksgefühl.

Nachdem sie eine Nacht an Land geschlafen hatten, machten sich Karin und Richard auf den Weg zum Vater. Immerhin: Der Vater lebte, auch wenn keinesfalls bereit war, diesen Zustand selbst „Leben" zu nennen. Zusammen mit seiner Frau befand er sich in der Wohnung, nicht im Krankenhaus. Ein kleines Stück Leben war damit erhalten, dass er – anders als im Krankenhaus – alles selbst bestimmen konnte. Er bestimmte, stark gereizt und mit zunehmend schlechter Laune. Kaum etwas konnte er mehr selbst tun, er, der alles immer sofort und gewissenhaft erledigt hatte, musste wegen jeder Handreichung fragen. Es war kein bescheidenes Fragen, sondern ein unwirsches Fordern, gleichzeitig ungläubig, dass es mit ihm so weit gekommen war. Ein Rufen in Imperativen, ergänzt um einen Rest seines früheren guten Benehmens mit einem wiederum als Imperativ angeschlossenen „Bitte." So schrie er: „Taschentuch! Bitte!", und seine Frau beeilte sich, die Forderung zu erfüllen. So viel sie konnte, versuchte sie bereits, des Vaters Wünsche und Bedürfnisse im Voraus zu erahnen. Das gelang ihr aber nicht immer. Maria, seine zweite Frau, war zu bedauern. Zweimal am Tag kam ein Pflegedienst, der dafür sorgte, dass der Vater künstlich ernährt wurde. Nichts schmeckte ihm mehr. Das Essen strengte ihn an. Es strengte ihn viel zu sehr an, um durch normale Nahrung die Menge an Kalorien zu sich zu nehmen, die ein Erwachsener benötigte, um zu überleben. Nach ein paar Tagen hatte der Vater sich schon daran gewöhnt, nachts die künstliche Ernährung eingeflößt zu bekommen und sogar dabei zu schlafen. Schlafen musste er jetzt oft zwischendurch, weil er dauernd müde war. Für den Besuch von Karin und Richard hatte der Vater seine letzte Kraft zusammengenommen, um eine Zeit lang am Tisch zu sitzen. Er zwang sich sogar dazu, ein paar Löffel der Suppe zu essen, die seine Frau für alle gekocht hatte. Karin und Richard hatten ihn längere Zeit nicht gesehen, denn zwischen seinem abgebrochenen Urlaub und ihrem eigenen hatten nur zwei Wochen gelegen. Dazu kam die Woche auf See. Dass der Vater innerhalb so kurzer Zeit derart verfallen war, erschreckte sie. Sie brachten ihm sein Fernglas zurück. Noch am Abend der Rückkehr aus dem Urlaub hatte Richard eine komprimierte Bilderschau zusammengestellt, mit der er die ganze Reise knapp vorführen und erläutern konnte. Karin und Richard waren mitten in der Nacht aufgestanden, um die Ankunft an der Schleuse in Brunsbüttel zu erwarten und wiederum dort von Bord zu gehen. Im Anschluss war Richard noch fünf Stunden Auto bis nach Hause gefahren. Einiges hatte er nach der Ankunft zu Hause erledigt, und am Abend war er so lange wach geblieben, als sei es ein normaler Arbeitstag gewesen, um wieder in seinen gewohnten Schlafrhythmus zu kommen. Und so hatte er am gleichen Abend auf dem Tablet eine Bilderschau zusammengefasst, die er beim Vater und dessen Frau zeigte. Zu Karins Freude nahm der Vater großen Anteil an der Reise. Selbst die Frau des Vaters zeigte sich überrascht davon, als er sich kurzfristig fast lebhaft interessierte, denn die Tage zuvor waren durchweg düster und trübsinnig gewesen. Der Vater hatte sich auf nichts mehr als auf seinen eigenen Verfall konzentrieren können.

Von der Reise erzählend gab Karin zum Besten, wie sie an Bord geglaubt hatte, sich mit ihren guten Englischkenntnissen profilieren zu können. So habe sie ein

Besatzungsmitglied in sehr korrektem Englisch gefragt: „For how long have you been on this vessel?" und sei mit ihrer Frage nicht verstanden worden. Daraufhin habe Richard die gleiche Frage mit „How long are you on this ship?" – grammatisch falsch – gestellt, sei sofort verstanden worden und habe eine prompte und seiner Fragestellung entsprechende Antwort bekommen. Das beweise doch wieder, dass sich alle am besten verstehen würden, wenn Nicht-Muttersprachler miteinander in einem einfachen, nicht grammatisch korrekten Englisch kommunizierten. Karin freute sich, als der Vater über diese kleine Anekdote sogar kurz ansatzweise lachte.

Wenigstens einmal hatten sie ihn zum Lachen bringen können. Sonst war er verbittert, herrisch und ungehalten, insbesondere gegenüber seiner Frau. Diese war nahezu rund um die Uhr bei ihm, tat für ihn, was sie konnte, und war darüber selbst schon vor Erschöpfung und Ermüdung fast krank geworden. Dennoch war sie vom Vater niemals so undankbar und unerfreulich behandelt worden wie jetzt. In endloser Langmut versuchte Maria, dem Vater alles recht zu machen und ihn zu befrieden in seinem hilflosen Hass auf seinen Verfall, einem Hass, der sich gegen sich selbst und alle anderen richtete.

Für Karin hatte der Vater eine Tüte mit Dingen gepackt, die aus seiner Sicht als eine Art Nachlass von hoher Bedeutung waren. Um noch genügend bei Kräften zu sein und einiges in dieser Tüte Befindliche ausführlich erklären zu können, hatte er Karin und Richard ausdrücklich darum gebeten, ihn direkt am ersten Tag nach der Rückkehr aus dem Urlaub zu besuchen. Inzwischen hatte der Vater das Gefühl, dass nicht nur die Kraft, sondern auch seine Erinnerung und die Fähigkeit, sich auf etwas zu konzentrieren, täglich abnahmen. Karin und Richard sollten schnell kommen, bevor der Vater für alles zu schwach würde. Am Telefon hatte der Vater einige Male von der wichtigen, für Karin gepackten Tüte gesprochen. Karin hatte nicht ernsthaft etwas Besonderes oder Überraschendes in dieser Tüte erwartet. Dennoch hatte sie geglaubt, dass der Vater sich ein paar Gedanken darüber gemacht hätte, was als Erinnerung an ihn vielleicht wichtig sein könnte. Ihre bereits geringen Erwartungen wurden aber noch unterboten: In der Tüte befanden sich zwei Fotos, die sie dem Vater selbst geschenkt hatte. Auf einem war sie allein, auf dem anderen waren der Vater, Richard und die verstorbene Mutter gemeinsam abgebildet. Das erste Foto hatte Richard, das zweite Karin gemacht. Sie erhielten ihre eigenen Bilder zurück – ebenso wie ein Buch zu Frachtschiffreisen, das Karin kurz vor der Reise dem Vater mit der Post zugeschickt hatte. Der Vater hatte es nicht einmal aufgeschlagen: Die Karte, die Karin ihm dazu geschrieben hatte, befand sich nach wie vor im Buch. Der Vater war wohl schon zu schwach zum Lesen gewesen. Sonst hätte ihn das Buch gewiss interessiert, das hoffte Karin jetzt. Weiter befanden sich in der Tüte mit nach des Vaters Ansicht für die Tochter wichtigen Gegenständen ein paar Fotokopien, die sie für den Vater zu ihren Recherchen zu des Großvaters Weltreisen gemacht hatte. Die Originale besaß Karin sowieso. Aufmerksamkeit erzeugte bei Karin, dass der Vater eine selbst gebrannte Musik-CD für sie hinterlassen wollte. Es war so gar nicht seine Art, etwas Kreatives zu produzieren, und Karin schwieg, erwartete aber mit Spannung, was sich als väterliches Vermächtnis für sie auf dieser CD befinde. Später stellte sich zu ihrer Enttäuschung heraus, dass es sich um die Musik handelte, die der Vater rund ein Jahrzehnt zuvor zur Beerdigung der Mutter gespielt hatte. Dazu hatte der Vater eine Wetterstation eingepackt, die er für seine Frau bestellt hatte. Das Gerät funktionierte nicht, und unter normalen Umständen hätte der Vater versucht, es selbst zu reparieren oder zur Reparatur einzuschicken und Nachbesserung zu verlangen. Jetzt hatte er sich gedacht, dass Richard die Wetterstation reparieren könnte. Mit größter Enttäuschung aber packte Karin einen Ordner mit der Aufschrift „Grabpflege Graufeld" aus: Der Vater erläuterte, es gebe in Graufeld eine Art Familien-Gruft, in der ein paar alte Tanten, von denen er vor weit mehr als einem Jahrzehnt Geld geerbt hatte, begraben seien. Bedingung für die Erbschaft des Vaters sei es gewesen, dass er sich um die Pflege dieser Gruft kümmere. Für diese Instandhaltung und Pflege der Gruft stehe ein von den Tanten vorbestimmtes Budget zur Verfügung, mit welchem die kommenden zehn Jahre die Gruft durch einen von der letzten verstorbenen Tante bestimmten Gärtner gepflegt werden solle. Diese Tanten hatten sich für sehr ehrbare und vornehme Leute gehalten. Aus diesem Grund war es ihnen über den Tod hinaus wichtig gewesen, dass niemand schlecht über sie denke. Die Vorstellung, dass irgendjemand, der sie gekannt hatte, noch leben würde, um ihre Gruft ungepflegt und verwildert zu sehen, wäre ihnen unerträglich gewesen. Der Vater, den sie als Testamentsvollstrecker bestimmt hatten, hatte ihnen bereits zu Lebzeiten versprochen, dass es dazu nicht kommen werde. Der Vater war sein Leben lang ehrlich gewesen, und ein Versprechen galt. Selbstverständlich hatte er nicht damit gerechnet, dass er nicht lange genug leben würde, um seinen Auftrag korrekt bis zum Schluss auszuführen. Weil er aber sein Ehrenwort gegeben hatte, diese Pflicht zu übernehmen, war es ihm wichtig, dass die Tochter die kommenden zehn Jahre – bis wohl niemand mehr leben würde, der die verstorbenen Tanten gekannt hatte und die Gruft eingeebnet werden dürfe – aus dem von seinen Tanten zur Verfügung gestellten Budget für den regelmäßigen Grabschmuck sorgte. Karins Versprechen, das zu tun, war für den dem Tod entgegensehenden Vater von hoher Bedeutung. Er schien über die Zusage sehr erleichtert und überwies gleich am folgenden Tag auf Karins Konto auf den Cent genau das für die Grabpflege vorgesehene Geld.

Dass die letzten Anliegen des Vaters überwiegend geschäftlich waren und nichts Persönliches für sie enthielten, betrübte Karin. Es betrübte sie, trotzdem sie nichts anderes erwartet hatte. In dem halben Jahrhundert, das sie Tochter ihres Vaters gewesen war, war sie von diesem niemals mit besonderer Fürsorge bedacht worden. Er hätte sich vermutlich überhaupt nicht vorstellen können, dass ihr etwas Persönliches, irgendein Andenken als Erinnerung an ihn wichtig gewesen wäre. So wäre es ihr schon bedeutend gewesen, zum Beispiel nur des Vaters alten Arbeitskittel mitzunehmen. Diesen Arbeitskittel, der dem Vater gehörte und den er schon von seinem eigenen Vater übernommen hatte. In diesen grauen Nylonkittel gekleidet hatte der Vater viele kleine Reparaturen ausgeführt und ihr bei ihrem letzten Umzug geholfen. Karin hatte ihn gern in dem grauen Kittel in Erinnerung: vital und tüchtig – und zeitweise sogar optimistisch. An einen resignierten und ärgerlichen Vater wollte sie sich nicht gern erinnern.

Nur eine Woche nach dem Besuch klingelte am frühen Morgen Karins Telefon, im Display stand der Name des Vaters. Tatsächlich aber war es Maria, seine Frau: Der Vater habe zunächst zornig die künstliche Ernährung verweigert, sei im Anschluss daran beim aufgeregten Aufstehen gestürzt und habe sich verletzt. Danach habe er geschrien, dass er sofort abgeholt werden und ins Krankenhaus gebracht werden wollte. Das „Sofort" habe Maria nicht umsetzen können, weil es lange gedauert habe, bis zwei Angestellte des Pflegediensts gekommen seien. Das habe die Situation stark verschärft, und der Vater sei sehr wütend geworden. Auf sein eigenes dringendes Verlangen sei er in der Nacht ins Krankenhaus gebracht worden. Die Frau des Vaters klang nahezu erleichtert, nun, da sie dem Druck, den der Vater in den letzten Wochen auf sie ausgeübt hatte, entzogen war. Sie schien erleichtert, die große Verantwortung nicht mehr tragen zu müssen, denn im Krankenhaus war zumindest gewährleistet, dass der Vater rund um die Uhr betreut und versorgt wurde – und vor allem auch, dass Personal da wäre, das irrationale Handlungen des Vaters verhindern könnte. Menschen, die ihm mit mehr Nachdruck entgegentreten würden als eine durch sein ständiges Schimpfen zermürbte Ehefrau, die ihm aus Gewohnheit alles recht machen wollte. Aus einer Gewohnheit eines gesunden Verhältnisses, in welchem jeder Partner versucht, dem anderen das Leben so angenehm wie möglich zu gestalten. Aber die Verhältnisse hatten sich geändert. Der Vater war krank und dabei ungerecht und irrational geworden. Es war besser, wenn professionelles Personal sich um ihn und seine Bedürfnisse kümmerte.

Am folgenden Tag besuchte Karin den Vater im Krankenhaus. Er war einerseits in Todesstimmung und gleichzeitig sehr zornig, so dass Karin dachte, dass es vielleicht gerade der Zorn war, der ihn noch am Leben hielt. Er wollte unbedingt sterben, jetzt bitte, sofort! Aber das konnte er nicht. Warum war es nicht möglich, einfach zu sterben? „Tot!" laut schreien und augenblicklich tot sein. Der Vater sah es nicht ein, warum er es sich gefallen lassen musste, weiterhin zu existieren. Viel mehr hatte er seiner Tochter nicht zu sagen. Schließlich sprach er von seinem Cousin, der alles schon hinter sich habe. Dem wolle er endlich folgen. Der Tod hatte des Vaters Cousin völlig unerwartet geholt. Der Cousin war ein lebenslustiger Mensch gewesen und hatte sich gerade auf eine am folgenden Wochenende zu beginnende Urlaubsreise gefreut. Am Vorabend seines Todes hatte er gut gegessen und zum Essen zwei Gläser Bier getrunken, bevor er nach einem Sturz bewusstlos geworden war und das Bewusstsein nie wiedererlangt hatte. Wer sterben musste, starb am besten so. Garantiert war nichts, aber selbst beim Sterben konnte man noch Glück oder Pech haben. Der Vater hatte den größten Teil seines Lebens kein besonderes Glück gehabt. Jetzt sah er aus wie ein Toter, der leben musste. Er war schon tot, aber nicht gestorben. Der Vater verlangte nach einem Strick, damit er sich erdrosseln könne. Er bat darum, dass ein Arzt ihm eine Todesspritze gebe. So schwach er körperlich war, so klar war der Vater noch im Kopf. Und so wütend. Wenn er nur etwas machen könnte!

Karin war nicht sicher, wie sie sich verhalten sollte. Der Vater sprach zusammenhängend, aber mit schleppender Stimme. So hatte die vor vielen Jahren gestorbene Mutter in ihren letzten Lebenstagen geklungen. Karin glaubte, dass der Vater das Krankenhaus nicht mehr lebend verlassen würde. Aber wer einen Krankenbesuch macht, würde so etwas dem Kranken nicht sagen. Und selbst wenn der Kranke, wie der Vater, sich den Tod so dringend herbeisehnte, würde man es nicht sagen. Deshalb fragte Karin den Vater, wann er wieder nach Hause zu seiner Frau dürfe. „Nie mehr," antwortete der Vater plötzlich ruhig und abschließend. Karin wollte wissen, ob sie etwas für ihn tun könne. „An mich denken", sagte der Vater, und das war mehr als Karin erwartet hatte. Karin war überrascht, denn sie hatte geglaubt, dass der Vater über diese überflüssige Frage nur ärgerlich und zu schimpfen anfangen würde. Sie war so überrascht, dass sie dem Vater versicherte, sie denke immer an ihn. Und die Jacke nahm und ging. Nachdem Karin das Krankenhaus verlassen hatte, sah sie kurz bei der Frau des Vaters vorbei und erbat sich von dieser des Vaters alten Arbeitskittel. Der Vater würde ihn nicht mehr tragen, und sie hatte Sorge, dass Maria den fleckigen grauen Kittel wegwerfen würde. Bereitwillig übergab Maria den Arbeitskittel, den sie sowieso nie hatte leiden können. Jetzt hatte Karin ein Andenken an den Vater, das eine gute Erinnerung an ihn wäre. Es würde ihr das Bild vom Vater in seinem grauen Arbeitskittel bleiben: aktiv, handelnd und tüchtig. Dieser Kittel war ein Familienerbstück. Den hätte Karin gern in der für sie vom Vater gepackten Tüte vorgefunden.

Weil der 3. Oktober ein Feiertag war, hatten Karin und Richard frei und konnten zusammen zum Vater ins Krankenhaus fahren. Sein Zustand hatte sich nach dem

Wochenende stark verschlechtert. Die Augen hielt er geschlossen, aber es schien, als ob er verstehe, dass die beiden ihn ansprachen. Es heißt, dass das Gehör bei Sterbenden bis fast zum Schluss bleibt. Weil vom Vater keine Antwort kam, wechselten sich Karin und Richard mit dem Reden ab. Karin wurde immer mutloser, und sie hörte auf zu sprechen. Richard gab ihr ein Zeichen, dass sie weiterreden müsse. Karin erzählte dem Vater, dass sie mit der Frau seines Cousins gesprochen habe. Da entstand ihr der Eindruck, dass der Vater etwas sagen wollte, aber nicht mehr konnte. Er schien deutlich machen zu wollen, dass er verstanden hatte. Aber das Sprechen war ihm nicht mehr möglich, und so versuchte er sein Verstehen dadurch zu zeigen, dass er wütend mit den Armen fuchtelte. Wütend und wild, weil er etwas sagen wollte, aber zum Sprechen nicht mehr in der Lage war. Am Abend besuchte Maria den Vater und erzählte Karin, der Vater habe geradezu „randaliert". Karin war der Ansicht, dass er wohl nur hilflos die Arme bewegt habe – aus Zorn darüber, dass er etwas mitteilen wollte, aber ihm dies nicht mehr möglich war. In der Nacht rief ein Mitarbeiter des Krankenhauses bei Maria an: Ihr Mann sei gestorben. Endlich hatte er sterben können. Der Verfall in den letzten Wochen seines Lebens war für ihn unerträglich gewesen. Dennoch war der Tod des Vaters kurz nach Mitternacht in der Nacht vom 3. auf den 4. Oktober nicht zu erwarten gewesen.

Karin erhielt den Anruf von der Frau des Vaters erst am Morgen. Die Todesnachricht kam für sie überraschend. Obwohl er nicht mehr gesprochen hatte, hatte Karin doch geglaubt, dass der Vater noch ein paar Tage leben würde. Schließlich war er erst einen Tag zuvor

in dem Krankenhaus in eine Art Palliativzimmer umgezogen, das diesen Namen nicht trug, aber eine erkennbar „letzte Station" war. Das Krankenhaus-Per-
sonal hatte erwähnt, dass es möglich sei, in diesem
Zimmer für einen nahen Angehörigen ein zusätzliches
Bett aufzustellen. Das war bei einem normalen Kran-
kenhauszimmer nicht üblich. Da gab es die Wahr-
scheinlichkeit, dass noch mindestens ein zweiter Pa-
tient hinzukam. Selbst bei einem Privatpatienten wie
dem Vater wäre das nicht auszuschließen gewesen. Als
Karin die Nachricht vom Tod des Vaters erhielt, war
sie schon fast aus dem Haus. Sie musste los, sie hatte
einen Termin. Karin hatte von Kindheit an gelernt, sich
in Schrecksituationen wie ein Automat zu verhalten.
Sie nahm den Termin wahr.

Die Trauerfeier für den Vater fand am Freitag, dem 13.
Oktober statt. Natürlich: ein Unglückstag, Freitag der
Dreizehnte. Der Vater war nicht abergläubisch ge-
wesen. An gar nichts hatte er geglaubt, außer an die
Notwendigkeit, selbst etwas zu leisten und nicht faul
und undiszipliniert zu sein.

Um ein paar weitere persönliche Andenken an den Vater zu verpacken, nahm Karin bei dessen Frau eines
seiner Gepäckstücke, einen kleinen schwarzen Rollkoffer, mit. Da waren noch drei Holz-Elefanten von
den Reisen des Großvaters und ein paar Fotos von der
Familie, zu denen die zweite Frau des Vaters keine
Verbindung und an denen sie kein Interesse hatte. All
das packte Karin sich ein. Vor nicht allzu langer Zeit
hatte der Vater diesen Rollkoffer bei einer seiner vielen
kleinen Reisen, die er als Pensionär unternommen
hatte, hinter sich hergezogen. Obwohl sie genügend

eigene Behältnisse besaß, mit denen sie das, was sie bei Tagesreisen brauchte, befördern konnte, verhielt sich Karin sentimental und beschloss, den kleinen Rollkoffer hier und da zu den von ihr geleiteten Seminaren mitzunehmen. Als Karin nur wenige Wochen nach des Vaters Tod dessen vermeintlich leeren Rollkoffer für ihre Arbeit packte, fand sie in einem Seitenfach darin „Das tolle Sudoku-Rätselbuch", halb gelöst. Sie würde es Maria als Andenken zurückbringen.

Mischa und Galina: arm sein und dabei alt werden

Mischa: Rentner sein und sich schlecht fühlen

Seit Mischa Rentner war, führte er allein den Haushalt. Seine jüngere Ehefrau würde noch ein paar Jahre arbeiten gehen müssen. Dank Galinas Stelle als Botin in einer Behörde kamen sie so über die Runden. Es war zwar alles sehr knapp, aber es war möglich, weil beide keine großen Bedürfnisse hatten. Sie waren bescheidene Leute, aber wenn Galina in drei Jahren in Rente gehen würde, würden sie noch mehr darüber nachdenken müssen, wo sie weiter sparen könnten. Weniger als jetzt für die Lebenshaltungskosten auszugeben schien Mischa kaum machbar, aber vielleicht würde sich in den nächsten Jahren der Wohnungsmarkt etwas entspannen und es ihnen ermöglichen, eine billigere Wohnung zu mieten. Sobald Galina Rentnerin wäre, wäre es nicht mehr erforderlich, in der Stadt zu leben, wo es öffentliche Verkehrsmittel gab, welche sie pünktlich und regelmäßig zur Arbeit beförderten. Sie würden ja nicht direkt aufs Land ziehen müssen. In einer Kleinstadt ließe sich günstig eine Wohnung mieten, und es würde fußläufig ein Lebensmittelgeschäft und einen Bäcker geben. Noch waren sie gesund, und das Wichtigste war, dass sie zusammen waren. Das war immer das Wichtigste gewesen, und alle möglichen negativen äußeren Einflüsse mochten zwar stören, wurden aber insgesamt bedeutungslos bei der Vorstellung, dass einer ohne den anderen sein könnte. Das war etwas, was Mischa sich nur ganz selten vorstellen konnte. Wenn ihn solche Gedanken von Zeit zu Zeit überkamen, war alles für ihn so schrecklich, dass er tagelang depressiv wurde.

Seit er Rentner war, ging es ihm sowieso häufig schlecht. Dass er kein Geld mehr verdiente und bloß den Haushalt versorgte, kränkte Mischa sehr und nagte an seinem Selbstwertgefühl. Wenn Galina nach dem gemeinsamen Frühstück, das Mischa zubereitet hatte, das Haus verließ, hatte er sofort Angst, dass ihr an der Mahlzeit etwas nicht gefallen oder geschmeckt haben mochte. Es war sein Alptraum, dass Galina ihn verlassen könnte. Wenn Mischa morgens den Kaffee kochte, musste er jetzt stets an die Fernsehwerbung für Jacobs-Kaffee aus dem Jahr 1972 denken, über welche er früher so gern gelacht hatte. In dieser macht sich der Ehemann nach dem Frühstück auf den Weg zur Arbeit, aber ohne seinen Kaffee ausgetrunken zu haben. Zu seiner zurückbleibenden Ehefrau sagt er herablassend: „Dein Kaffee schmeckt mir nicht. Ich trinke lieber den im Büro". Traurig und ratlos bleibt die Ehefrau zurück, bis eine Freundin ihr den Jacobs-Kaffee empfiehlt. Das Ende des Werbeclips ist, dass der Jacobs-Kaffee den Ehemann endlich zufrieden stellen kann. Die Ehe scheint gerettet. Als zu Hause sitzender Ehemann sah sich Mischa inzwischen so verzweifelt und wertlos, dass er nachts darüber nachdachte, was er wohl machen würde, wenn seiner Galina, die er oft liebevoll Gala nannte, sein Kaffee nicht mehr schmeckte. Früher wäre klar gewesen, dass er ihr empfohlen hätte, den Kaffee fortan tatsächlich im Büro zu trinken. Weil es normal gewesen wäre, sich gegen Unverschämtheiten zu wehren. Selbstverständlich wäre Mischa nicht mehr auf die Idee gekommen, Galina bei solch einem Benehmen weiterhin morgens vor der Arbeit den Kaffee zuzubereiten. Mit dieser Art von Verhalten war bei Galina nicht zu rechnen, aber mittlerweile kamen Mischa oft die absurdesten Ideen, wenn er den ganzen

Tag mit sich allein war und viel Zeit zum Überlegen hatte. Mental versuchte er, sich auf alle denkbaren Eventualitäten vorzubereiten. Deshalb hoffte Mischa jetzt ängstlich, dass Galina sein Kaffee morgens weiterhin schmecken würde. Er hatte das Gefühl, dass er immer kleiner wurde. Irgendwann würde er – seinem eigenen Gefühl nach – gar nichts mehr wert sein. Dabei wünschte sich Mischa nichts mehr als Galina zu gefallen und ihr alles recht zu machen. Galina sollte sich bei ihm wohlfühlen. Galina war ein Gemütsmensch und von großer Gutmütigkeit. Niemals wäre sie darauf gekommen, dass sich ihr Ehemann Sorgen darum machte, ihre Zuneigung zu verlieren.

Mischa, der Bär

Während Mischas Frau Galina – wie ihr Name vermuten ließ – tatsächlich Russin war, war Mischas richtiger Name Michael. Es hätte ihm aber sehr gefallen, wenn er Mischa hätte heißen dürfen. Rückwirkend, sein ganzes Leben. Wie schön wäre es gewesen, wenn seine Eltern ihn schon Mischa genannt hätten und nicht Michael. So aber hieß er erst Mischa, seit er Galina kannte. Mischa, der russische Bär. Seit Michael bei den Olympischen Sommerspielen 1980 in Moskau Galina kennen gelernt hatte, nannte er sich Mischa. Mischa hatte das olympische Maskottchen geheißen, das als Bär das russische Nationaltier bei der Olympiade repräsentiert hatte, die von den Amerikanern boykottiert worden war. An dem Bären Mischa hatte das sicher nicht gelegen. Der war ein sympathisch lachendes Tier, und als Michael damals Galina vorgestellt worden war, hatte sie ihn sofort Mischa genannt, und dabei war es geblieben. Es gab den russischen Namen Michail, der dem deutschen Vornamen

Michael entsprochen hätte. Aber Galinas Meinung nach sah Michael dem dicklichen, kindlich lachenden Bären ähnlich, und statt sich darüber zu ärgern, hatte Michael sich darüber gefreut und selbstverständlich den Namen Mischa angenommen. Erst mehr als zehn Jahre später hatten sich Mischa und Galina wiedergesehen und geheiratet, aber seit den Olympischen Sommerspielen von 1980 hieß Michael auch unter Freunden nur noch Mischa. Das Bären-Maskottchen Mischa war das erste olympische Maskottchen gewesen, das international große Bekanntheit erreicht hatte. Michael-Mischa war neben Galina auch in das Mischa-Bärenmaskottchen ganz verliebt. Viele Jahre lang hatte er, immer wenn ein wenig Geld übrig gewesen war, seine Mischa-Sammlung erweitert. Er besaß alle möglichen Objekte, auf denen der Mischa-Bär abgebildet war – darunter befanden sich sogar Briefmarken, obwohl er niemals Briefmarken gesammelt hatte. Der Mensch Mischa hatte sich aus bunten Lederstücken den Gürtel des Bären nachgebastelt. Diesen Gürtel trug Mischa besonders gern: Es waren daran die fünf olympischen Ringe befestigt, welche die fünf Kontinente symbolisieren sollten.

Galina war für Mischa die Frau des Lebens. Er konnte sich mit den Koseformen für sie überschlagen. Seine Galina war zugleich *Galja* oder *Gala*. Das Russische erlaubte zusätzlich die Formen *Galinka, Galotschka, Galtschjonok, Galka, Galjuntschik* und einige weitere. Für Mischa hätten es noch viel mehr Formen sein können, mit denen er seiner für ihn einzigartigen Frau gegenüber seine Zuneigung hätte ausdrücken können.

98

Die Vorgeschichte des Rentnerlebens

Mischa war eher ein wütender Bürger als ein Wutbürger. Aus seiner Sicht war das ein großer Unterschied. Ein wütender Bürger war mit etwas Konkretem nicht zufrieden, er hielt einen Zustand für optimierungswürdig. Ein Wutbürger dagegen war ein Mensch, der nur meckern wollte und aus bloßer Unzufriedenheit ebenso wie aus Prinzip schimpfte. Auf jeden und überhaupt auf alles. So war Mischa nicht. Er war manchmal wütend auf Ungerechtigkeiten, die – sobald er sie erkannt zu haben meinte – er kaum ertragen konnte. Eine davon war die unerträglich kleine Rente, die er erhielt, obwohl er sein Leben lang viel und tüchtig gearbeitet hatte. Immer hatte er etwas geleistet, niemals hatte er irgendwem auf der Tasche gelegen. Allein: Seine Arbeit war allem Anschein nach nichts wert gewesen, denn er hatte stets sehr wenig Geld dafür bekommen. Alles Mögliche hatte er in seinem Leben getan. Selbst Erntehelfer war er gewesen. In den für ihn finanziell ganz schlechten Zeiten hatte er bei der Spargel- und Erdbeerernte mitgeholfen. Für keine Arbeit war Mischa sich zu schade gewesen, obwohl er einmal ein Studium begonnen, wenn auch nicht abgeschlossen hatte. Er hatte sich für Philosophie von jeher stark interessiert, aber von Anfang an keine Vorstellung davon gehabt, was er damit anfangen könnte, falls er das Studium mit diesem Hauptfach jemals abschlösse. So hatte er es eben nie abgeschlossen und musste sich den Rest seines Lebens darüber im Unklaren bleiben, was er vielleicht als Philosoph mit Zertifikat hätte werden können. Schließlich hatte Mischa in vielen, seinem eigentlichen Fach jedoch fremden Gebieten gearbeitet. Hin und wieder waren ihm befristete Arbeitsverträge angeboten worden, mit denen er wenigstens sozialversichert gewesen war. Auf diese Weise hatte Mischa sogar über die Jahre hinweg Beiträge gezahlt, aus denen sich jetzt seine dürftige Rente ergab. Nach dem Auslaufen des jeweiligen Vertrags hatte er gern ein paar Monate Arbeitslosengeld kassiert, bevor er sich langsam die nächste kleine Einkommensquelle gesucht hatte. Um Karriere zu machen, hätte er irgendwo länger bleiben und ein wenig Ausdauer zeigen müssen. Mischa hatte es nirgendwo lange ausgehalten. Wenn er jetzt auf sein Arbeitsleben zurückblickte, kam er zu der Erkenntnis, dass er niemals einen erträglichen oder wenigstens einträglichen Job gehabt hatte. Aber das konnte jedem passieren. Vielen Menschen erging es so.

Langsam und faul sein – und eigentlich nicht so sein wollen

Seit er Rentner geworden war, hatte Mischa begonnen, sich ein wenig gehen zu lassen. Das zeigte sich zum Beispiel darin, dass er manchmal eine Woche lang dieselbe Hose trug, bevor er sie wusch. Vor sich selbst rechtfertigte er dies damit, dass er zu Hause längst nicht so dreckig würde, wie es der Fall wäre, wenn er sich außerhalb der Wohnung an öffentlichen Orten aufhielte. Oder, noch viel unhygienischer, mit öffentlichen Verkehrsmitteln durch die Gegend reiste – so wie Galina es tat, die täglich die Garderobe wechselte. Dennoch schämte er sich für solche Nachlässigkeiten, sobald Galina sie bemerkt und ausgesprochen hatte. Er beschloss, dieses Verhalten zu ändern, und machte sich Notizen dazu, wenn er eine gewaschene Hose anzog. Außerdem schrieb er sich jeweils auf, wann er zum letzten Mal das Bett frisch bezogen hatte. Mischa bemühte sich darum, nicht zu verrotten und vergammeln. Ihm war bewusst, dass er im Zeitalter der Selbstoptimierung lebte. Für ihn musste das natürlich nicht bedeuten, dass er sich zwanghaft jeder Mode oder Diät unterwarf – denn dafür war er natürlich viel zu alt. Aber er hatte entschieden, sich ein wenig mehr zu pflegen und auf seine Erscheinung zu achten. Das war dringend nötig, denn viel öfter als früher fühlte Mischa sich krank. An manchen Tagen hatte er das Gefühl, als ob sein Hals seinen Kopf kaum mehr tragen könnte. Dann litt er wieder unter Migräne. Eine Tatsache war, dass immer irgendetwas mit ihm nicht in Ordnung war. Er wollte sich das nicht anmerken lassen, denn er fürchtete, damit Galinas Achtung vollständig zu verlieren. Dabei war es gar nicht Galina, die ihm Vorwürfe machte. Niemals hatte Galina ihm Vorwürfe gemacht. Vielmehr war es Mischa, dessen Selbstachtung täglich schwand. Er sagte sich laut, dass er keinen Wert darauf lege, ein lächerlicher Clown zu sein. Ganz und gar nicht. So beschloss er, nichts zu übertreiben, nicht einmal sein Selbstmitleid. Allein deshalb nicht, weil es nicht nötig war.

Krank zu sein war für ihn zutiefst erniedrigend. Mischa wollte gesund und stark sein, so wie früher. Im Turmspringen hatte er einmal bei den Landesmeisterschaften den dritten Platz erlangt. Das war nicht geschenkt gewesen. Einstige Leistungssportler wie Mischa sollten disziplinierter sein, fand Mischa selbst. Disziplin war im Leistungssport das A und O. Was war aus ihm geworden?

Er versuchte seit einiger Zeit, sehr vorsichtig zu leben. Viel zu lange schon hatte es sich so erbärmlich verhalten. Er brauchte Mut, nichts weiter als ein wenig mehr Mut, wiederholte er für sich. Die Alternative dazu wären Anschlusserkrankungen.

Langsam an sich verzweifeln

Mischa musste sich eingestehen, dass er nichts Vernünftiges mit seiner mittlerweile im Übermaß vorhandenen Freizeit anfing. Wie fast alles, über das Menschen im Übermaß verfügten, war ihm die früher so oft ersehnte Freizeit plötzlich nichts wert. Statt sich sinnvoll zu beschäftigen, sah Mischa viel zu viel fern – und dabei verschmähte er selbst die allerdümmsten und anspruchslosesten Formate nicht.

Wenn er dagegen nachdachte statt sich ablenken zu lassen, kamen ihm nur Gedanken, die ihn gar nicht froh machten. Wie viele Jahre und Gelegenheiten verblieben ihm? Was wollte er mit der ihm verbleibenden Zeit noch anfangen?

Wie wäre es, ein Leben zu tauschen – mit jemand anderem, um dessen Leben zu leben? Oder das eigene Leben umzutauschen, einzutauschen gegen ein anderes, das vielleicht nicht besser als das eigene, aber doch ganz anders wäre? Eine andere Frau, vielleicht Kinder? Mischa hatte keine Kinder gehabt und auch nie welche gewollt. Er hatte sie in seinem Leben nicht vermisst, denn sie hätten ihn bloß gestört. Eine andere Frau als Galina hätte er auch niemals haben wollen. Wenn er sie nicht kennen gelernt hätte, hätte er sein Leben lang von ihr geträumt. Sie wäre ein Wunschtraum geblieben, aber er hatte das Glück gehabt, ihr zu begegnen, sie für sich zu gewinnen und sie zu behalten. Für Galina und sonst niemanden würde Mischa sein Leben geben. Er wiederholte das Angebot immer wieder, mindestens dreimal. Er sprach es laut vor sich hin. Aber Galina wollte sein Leben gar nicht als Opfer.

Niemand hatte nach seinem Leben verlangt. Keiner trachtete ihm nach dem Leben. Wie konnte das sein, dass keiner sein Leben wollte?

Ein Geheimnis war nicht zum Teilen da. Sobald man es teilte, war es kein Geheimnis mehr.

Mischa wollte sich verstecken. Keiner seiner Feinde sollte ihn finden. Sich nur verstecken können und frei von äußeren Einflüssen bleiben. Diese angestrengt vermeiden. Vermeiden!

Wenn Mischa so weit war, musste er zu seinem eigenen Schutz den Fernseher anschalten, um sich abzulenken. Im Fernsehen zeigten sie in dem voreingestellten Programm eine Dokumentation über einen alten Mann, der besessen davon war, jungen Frauen Gespräche aufzudrängen. Der Kerl, in seinem eigenen Alter, widerte Mischa an. Er wurde wütend darüber, dass es solche Leute gab und denen sogar im Fernsehen ein Forum geboten wurde, sich wichtigtuerisch und laut darzustellen. Niemals wäre Mischa einer derjenigen gewesen, die Frauen auflauern. Stolz erzählte der Alte im Fernsehen davon, dass viele junge Frauen sich gern mit ihm unterhielten und seine Weisheit und Lebenserfahrung schätzten. Er wollte gar nicht mehr aufhören, von seinem Leben zu erzählen, das aus Mischas Sicht vollkommen uninteressant und gewöhnlich gewesen war. Der ununterbrochene Redefluss des Mannes im Fernsehen machte Mischa aggressiv. Er konnte die Leute, die keine Pause beim Reden finden, nicht ertragen.

Mischa besaß einen 50-EUR-Schein, auf welchem er sich gelegentlich Notizen mit einem Bleistift machte, welche er wieder ausradierte, sobald er sie nicht mehr benötigte. Darauf schrieb er den Namen des Fernsehsenders, der ihn so verärgert hatte. Er wollte in Zukunft darauf achten, diesen Sender zu meiden.

Sich zu viel mit der Vergangenheit beschäftigen

Mischa hatte sehr große Angst davor, in seinem Hirn nichts mehr ordnen zu können. Er war unkonzentriert, unkoordiniert – ineffizient.

Es musste etwas geschehen. Am besten wäre eine Veränderung, die ihn fordern würde. Es durfte nicht alles beim Alten bleiben. Verzweifelt fürchtete Mischa, dass Galina sich von ihm trennen könnte, sobald sie selbst nicht mehr würde arbeiten gehen müssen. Sie würde merken, dass er nur noch ein alter Kerl war, mit dem sich nichts mehr anfangen ließ. An manchen Tagen wurde Mischa geradezu verrückt über der Vorstellung, dass er allein gelassen würde. Vertreiben verweigern verschweigen wollte er sich diese Gedanken, aber sie entwickelten sich zu fixen Ideen, so dass Mischa manchmal nachts überhaupt nicht mehr schlafen konnte. Niemand würde ihm mehr helfen können, wenn Galina ihn verließ. Andere würden ihm gut zureden und sagen, dass viele ältere Leute allein lebten. Für Mischa aber wäre es das Ende. Das wäre, als ob einem Todkranken gesagt würde, er solle es nicht so schwer nehmen. „Lach doch mal!" zu jemandem, der gerade verzweifelt um sein Leben kämpfte. Welchen Grund hätte Galina, bei ihm zu bleiben? Mischa suchte nach einem Alleinstellungsmerkmal an sich. Was war das Besondere, das ihn – Mischa – unter allen anderen hervorhob und einzigartig machte? Vergebens. Ihm fielen nur Mängel an sich ein. Da war aus seiner Sicht gar nichts, das ihn im positiven Sinn einzigartig machte. Welchen Grund hätte Galina, bei ihm zu bleiben? Kaum jemand verstand Mischas absolute, bis zur Selbstaufgabe gehende Ergebenheit gegenüber Galina. Am wenigsten sie selbst. Oft genug hatte sie ihn dafür scharf kritisiert.

In seinem ganzen Leben hatte Mischa keine hohen materiellen Ansprüche gehabt. Immer hatte er lieber etwas machen statt etwas kaufen, sich irgendwie aneignen oder besitzen wollen.

Mit was wollte er die Welt beglücken? Nichts war ernsthaft von Bedeutung, er wollte sich nicht zu wichtig nehmen. Alle hatten nur begrenzt Zeit, und er würde lieber etwas lesen und sehen statt etwas zu haben, um das sich jene, welche ihn überleben würden, später streiten könnten. Wer das sein mochte, wusste Mischa nicht zu sagen, wenn es nicht Galina wäre. Und die sollte sowieso alles haben.

Als er jung gewesen war, hatte Mischa manches getan, das im Nachhinein als überflüssig, unvernünftig oder sogar gefährlich zu bewerten war. Bei Mischa waren es nur Kleinigkeiten gewesen, wie zum Beispiel zu schnelles Autofahren. Einmal hatte er deshalb kurzzeitig sogar den Führerschein abgeben müssen. So etwas konnte passieren, besonders wenn man jung war. Dafür war man jung, und nur wer schon im Anzug geboren worden war, mochte anders sein. Wer im Anzug geboren war, sagte – selbst wenn ihm jemand seine Liebe gestand – „dito" als Antwort. Dachte Mischa. So musste es sein, es musste eine ausgleichende Gerechtigkeit geben. Insgesamt fühlte er sich jetzt mehr als verunsichert. Die Zeit war für ihn zu schnelllebig geworden. Heute dies, morgen jenes, übermorgen würde wieder alles anders sein und nichts mehr gelten, was zuvor noch als das einzig Richtige gegolten hatte. Alles, was er tat, schien ihm immer erst beim zweiten Versuch zu gelingen. Mischa konnte sich nicht daran erinnern, wann das angefangen hatte so zu sein. Dabei war es gleichgültig, ob er versuchte, eine Dose zu öffnen oder sich eine Scheibe Brot abzuschneiden, ohne sich dabei zu verletzen. Mischa begann sich beunruhigt zu beobachten. Oft kam ihm der Gedanke, dass niemand erbärmlicher sein könnte als er selbst. Aber dann fiel ihm ein, dass er niemandem je geschadet hatte. Er hatte keinen Menschen jemals wissentlich beleidigt oder versucht zu kränken. Ganz sicher hatte er die Leute in Ruhe gelassen. Mischa hatte niemanden umgebracht. War das allein nicht schon etwas wert?

Mischa hatte in den sechziger Jahren eine unglaubliche Angst vor dem Kindermörder Jürgen Bartsch gehabt. Obwohl der Mörder längst identifiziert, gefasst und zu einer lebenslänglichen Zuchthausstrafe verurteilt worden war, träumte Mischa immer wieder von ihm. Jeden Zeitungsartikel über Bartsch hatte er gelesen. Es hieß, dass Jürgen Bartsch als Kind von seinen Eltern zu Weihnachten ein Kartenspiel bekommen habe, das sie nie mit ihm gespielt hätten. Bartsch machte das Ehepaar, das ihn als Waisenkind zu sich genommen hatte, dafür verantwortlich, dass er ein sadistischer Kindermörder geworden sei. Warum nur war aus dem Waisenkind ein Kindermörder geworden? Mischa konnte nicht aufhören, sich das zu fragen. Neben dem, dass er vor Angst vor Jürgen Bartsch nachts kaum hatte einschlafen können, weil er pausenlos daran hatte denken müssen, dass auch er in der Höhle des Mörders hätte landen können, weil er zutraulich war und bestimmt mitgegangen wäre, wenn Bartsch ihn freundlich darum gebeten hätte, neben dem hatte er sich gefragt, ob auch ihm das Schicksal, ein Mörder zu werden, vorbestimmt sei. Nur allein deshalb, weil Mischa ebenfalls ein Waisenkind war, das ein älteres

Ehepaar bei sich aufgenommen hatte. Hatte jedes angenommene Kind das Potenzial zum Serienmörder? Nein, Mischa hätte keiner Fliege einen Flügel ausreißen können. Kaum jemand war so friedliebend wie er. Streit und Zänkereien konnte Mischa nicht ertragen. Dabei war ein großer Anteil von Menschen nach Mischas Ansicht ausschließlich dazu da, anderen das Leben zur Hölle zu machen. Sie konnten allein das und nichts anderes, und das zu tun war ihre einzige Bestimmung, bevor sie endlich starben. Die meisten von diesen hatten leider außergewöhnlich hohe Lebenserwartungen.

Sich fragen, was aus anderen geworden ist

Manchmal verbrachte Mischa seine Zeit damit, nach Leuten zu suchen, die er früher gekannt hatte. Aus einer Art Minderwertigkeitskomplex heraus nahm er an, dass alle – außer ihm – unglaubliche Karrieren gemacht haben müssten. Mischa hatte von sich nie eine hohe Meinung gehabt und selbst Weggefährten, die vollkommen offensichtlich weit weniger begabt als er gewesen waren, hatte er viel mehr zugetraut als er sich jemals zu erreichen vorgestellt hatte. Aber wenn er jetzt die Namen von alten Bekannten, an die er sich aus lang vergangenen Zeiten erinnern konnte, in Suchmaschinen eingab, fand er oft gar nichts außer einem Hinweis auf deren Facebook-Mitgliedschaft. Bei anderen stellte er fest, dass sie hier und da in irgendwelchen Unternehmen als Angestellte arbeiteten. Einer führte sein eigenes kleines Unternehmen. Ein anderer hatte das etablierte Geschäft der Eltern übernommen. Zu manchen fand er sogar online schon die Todesanzeige. Keiner hatte etwas Bemerkenswertes, Weltveränderndes vollbracht. So war es auf der Welt:

Die wenigsten ihrer vorübergehenden Bewohner bewiesen sich als außergewöhnlich und über ihre eigene Dauer hinaus erinnerungswürdig. Fast jeder war alltäglich, durchschnittlich und ersetzbar. Mischa war normal. Wie alle anderen. Geradezu rasend waren die letzten Jahre vergangen. Aber nichts Spektakuläres war passiert.

Mischas Adoptiveltern hatten kein Unternehmen gehabt, das sie ihm hätten vererben können. Der Vater war Büro-Angestellter gewesen, und die Mutter hatte gar nicht gearbeitet. Mischa fragte sich, ob es ihn froh gemacht hätte, wenn seine Eltern einen Laden gehabt hätten. Einen Laden zu leiten oder ein Geschäft zu führen – so etwas war grundsätzlich erlernbar. Vielleicht nicht für jeden, denn nicht jeder hatte dazu Talent. Mancher jedoch konnte so etwas lernen, besonders dann, wenn er bei zuversichtlichen Eltern aufgewachsen war, die es erfolgreich vormachten. Aber wer brachte einem bei, ein Leben zu führen? Die eigenen Eltern nicht selbstverständlich, auch wenn behauptet wurde, dass das ihre Aufgabe sei. Voraussetzung dabei wäre aber, diese lösen zu können, und das vermochte nicht jeder. Auch für Mischas Eltern war die Aufgabe zu schwer gewesen.

Gewohnheiten pflegen und sich sogar für manches interessieren

Mindestens einmal an Tag verließ Mischa die Wohnung, um einkaufen zu gehen. Er ging dafür einen weiteren Weg als den, er erforderlich gewesen wäre. Der Grund dafür war, dass er vor dem Einkaufen stets an dem vor einigen Monaten installierten öffentlichen Bücherschrank vorbeigehen wollte. Dieser Bücherschrank funktionierte so, dass Leute ihre alten Bücher dort einstellten, damit sie jemand anders mit nach Hause nehme und lese. Mischa hatte selbst die gesamten Bücher zum Thema Schach, die seine Eltern ihm hinterlassen hatten, dort nach und nach entsorgt. Er interessierte sich überhaupt nicht für das Schachspiel, hatte aber große Freude daran gehabt, dass die Bücher dazu, die er nach und nach weggegeben hatte, von verschiedenen Schachfreunden mit nach Hause genommen worden waren. Das jedenfalls hoffte Mischa. Natürlich war es möglich, dass ein professioneller Händler regelmäßig den Bücherschrank kontrollierte und die Fachbücher mitnahm, um sie zu verkaufen. Mischa gab aber nicht nur Bücher weg, für die er sich nicht interessierte, er nahm auch Bücher mit nach Hause. Er freute sich, wenn er manchmal in dem öffentlichen Bücherschrank kostenlose Bücher von seiner Ansicht nach hohem literarischen Wert fand. Sah er ein solches Buch, nahm er es mit, um es zu „retten", damit es in seinen Haushalt kam, wo es gelesen, geachtet und geschätzt und wenigstens bis zu Mischas eigenem Tod sorgfältig im Regal aufbewahrt würde. Oft musste er nachträglich feststellen, dass er das gleiche Buch bereits selbst besaß und vor zehn oder vielleicht fünfzehn Jahren schon einmal gelesen hatte. Das bemerkte er jedoch in der Regel erst dann, wenn er, nachdem er das „gerettete" Buch begeistert gelesen hatte, es in seinem Regal unter den anderen Büchern einordnete. Er hatte es nicht einmal beim Lesen des Buchs wahrgenommen, weil er vergesslich geworden war. In allen Büchern konnte er den Zeitpunkt des eigenen Lesens feststellen, weil er nicht nur seinen Namen, sondern auch den Monat und das Jahr, wann er es gelesen hatte, in jedes seine Bücher schrieb. Das war schon immer eine Angewohnheit von ihm gewesen.

Die Macht der Gewohnheit. Wenige nur waren so mächtig wie die Gewohnheit, insbesondere für einen weitgehend angepassten Menschen wie Mischa. Die Gewohnheit bot ihm einen letzten Rest Sicherheit und Struktur.

Als Mischa nach dem Besuch des Bücherschranks auf dem Weg am nahe gelegenen Kiosk eine Flasche Bier kaufen wollte, entdeckte er vor der kleinen Verkaufsbude eine aufgestellte Reklametafel. Diese bewarb eine Tageszeitung mit einer aktuellen Schlagzeile: „Morddrohung gegen Ordnungsamt". Mischa fragte sich, ob der Kioskbesitzer sich das selbst ausgedacht hatte. Er wollte nicht zu genau sein, aber er überlegte, warum das Ordnungsamt Mordopfer werden sollte. Und wer hätte wohl ein Interesse daran, ein Amt zu ermorden? Es war Mischa klar, dass nicht alles korrekt in drei Wörtern auf einer Reklametafel erklärt werden konnte. Schließlich sollten die Leute neugierig werden und die Zeitung kaufen. Mischa kaufte die Zeitung dennoch nicht. Dass ein ganzes Ordnungsamt ermordet werden sollte, schien ihm zu unpräzise. Da hatte er schon keine Lust mehr, die Meldung vertieft zu lesen.

Manchmal verfolgte Mischa im Radio die Nachrichten. Wann wurde ein Präsident zum Machthaber? Noch vor nicht langer Zeit hatten die Ansager im Radio vom „Präsidenten" eines kleinen Landes gesprochen, jetzt formulierte einer unbeholfen, dass „der Machthaber x vor drei Jahren die Macht übernommen" habe. Wann wurde aus einem Konflikt ein Krieg? Was waren die Grenzen, die überschritten werden mussten? Immer wenn er die Nachrichten hörte, fragte Mischa sich, ob die Redaktionen Vorgaben dafür hatten, und ob diese Vorgaben für alle Sender gleich waren. Und vor allem:

Wer diese Vorgaben machte und ob sie für alle verbindlich waren. Vermutlich nicht.

Wenn er auch gelegentlich das Radio einschaltete, was er oft genug nur deshalb tat, um eine menschliche Stimme zu hören, die nicht seine eigene war, so verzichtete Mischa gern auf eine Tageszeitung. Denn allzu sehr interessierten ihn die Meldungen nicht: Was heute eine Nachricht sein konnte, war morgen schon wieder vorbei und galt als bedeutungslos, weil es längst etwas Neues gab, das die Menschen erregte. Mischa machten die meisten Nachrichten müde, weil er sie stets mit dem Blick darauf las, was sie morgen sein würden: hoffnungslos veraltet und überholt. Dagegen aber war er ein passionierter und aufmerksamer Leser des internationalen Karpfenmagazins. Es interessierte ihn allein deshalb, weil er gern neue Bilder von Karpfen ansehen wollte und weil er der Ansicht war, dass der Karpfen allgemein unterschätzt wurde. So war es Mischa angenehm, dass der Karpfen durch ein regelmäßig erscheinendes Magazin gewürdigt wurde. Dass jemand diese Fische essen würde, versuchte Mischa zu verdrängen. Niemand hätte es wagen sollen, Mischa zu Weihnachten als festliche Speise einen Karpfen zu servieren. Den armen, friedlichen Fisch, der als junges Tier nur Zooplankton fraß und sich auch später überwiegend von Insektenlarven, und Würmern ernährte! Überhaupt mochte Mischa Tiere lieber als viele der ihn umgebenden Menschen. Merkwürdig fanden das weder er noch Galina.

Außerdem war Mischa ein großer Verehrer der österreichischen Kaiserin Sisi – aber nicht der, die in den kitschigen Filmen mit Romy Schneider in der Rolle des harmlosen naiven Mädchens gezeigt wurde. Für die „lieben Zukunftsseelen" hatte die Kaiserin Sisi ihre

Gedichte hinterlassen. Erst sechzig Jahre nachdem sie sich dazu entschieden hatte, sollten die Menschen diese Gedichte lesen dürfen, denen die Kaiserin erheblich mehr Bedeutung beimaß als ihnen dann gewährt wurde. Das sollte um 1950 sein, denn die Kaiserin hatte sich 1890 dazu entschlossen, die Notiz zu verfassen, mit welcher sie die Frist von sechzig Jahren mitteilte. Aber sie konnte ja nicht ahnen, dass die „lieben Zukunftsseelen" im Nachkriegs-Österreich ganz andere Sorgen haben würden als ihre Gedichte zu würdigen. Das Ausmaß, in welchem im Zweiten Weltkrieg die halbe Welt vernichtet war, hätte die Kaiserin Sisi sich kaum ausmalen können. Mischa las die Gedichte mit Freude. Sie erinnerten ihn an die Poesie von Heinrich Heine.

Galina: in Rente gehen und dabei zusammen mit Mischa zu einem guten Ende kommen

Von Zeit zu Zeit war es für Mischa beruhigend zu wissen, dass er etwas in seinem Leben zum letzten Mal machte. Solch ein Gefühl hatte er gehabt, als er organisieren musste, dass bei seinen Eltern auf dem Haus das Dach neu gedeckt wurde. Wie lange hält ein Dach? In der Regel länger als ein erwachsener Mensch zu leben erwarten darf – jedenfalls dann, wenn gut gearbeitet wurde und nicht höhere Gewalt wie ein Orkan alles zerstört. Ein ebenso befriedigendes Gefühl hatte Mischa nach seinem Hepatitis-Impfmarathon gehabt. Der sollte ihn für den Rest seines Lebens immunisieren, wenigstens gegen Hepatitis. Äußerst angenehm war für Mischa der Tag, der Galinas letzter Arbeitstag sein sollte. Mit welcher Freude stand er am frühen Morgen auf, um zum letzten Mal zu fest vorgegebener Zeit das Frühstück zu bereiten, damit Galinas es eilig verspeisen konnte, bevor sie sich auf den Weg in die Behörde machte. Zum letzten Mal! Wie sehr hatte Mischa diesen Tag herbeigesehnt, aber zugleich gefürchtet, denn finanziell würde es ihnen noch schlechter gehen als zuvor.

Aber als Galina in Rente ging, blieb das Schlimmste aus, denn die Eheleute hatten wieder gemeinsame Pläne. Weil Mischa und Galina mit beide Renten nur auf einen sehr kleinen Betrag kamen, beschlossen sie, in ein Land zu ziehen, in dem die Lebenshaltungskosten geringer als zu Hause wären. Es wurde ein größeres Projekt für sie, nach Bulgarien auszuwandern, aber schon bald zeigte sich, dass es die richtige Entscheidung gewesen war. Einiges nahmen sie als schlechter wahr als in ihrem Heimatland, anderes als besser. Aber alles war anders, als sie es gewohnt waren, und das regte sie zu neuen Ideen an. Mischa baute in einem kleinen Garten zur Selbstversorgung Gemüse an. Galina lernte Bulgarisch und freute sich über jedes neue Wort, das sie sich noch merken konnte. Ihre russische Muttersprache vereinfachte ihr das Bulgarischlernen. Ihr Stolz darauf, dass sie nach kurzer Zeit fließend sprach, war groß. Niemals hatte sie bei ihrer Arbeitsstelle in der Behörde solch einen Erfolg, solch ein gutes Gefühl über etwas Erlerntes gehabt. Galinas Sprachkenntnisse vereinfachten das Leben in der Nähe des Goldstrands. Mit den herzlichen Einheimischen waren Mischa und Galina schnell befreundet.

Das Klima tat beiden gut. Die alten Knochen fühlten sich besser an als zu Hause. So erhofften die beiden sich ein paar gute Jahre in ausgeglichenem Seelenzustand. Das Wichtigste war und blieb für sie, dass sie zusammen waren. Mischa und Galina wurden zufriedene Rentner, frei von zwangsneurotischen Handlungen. Niemals wären sie auf die Idee gekommen, junge Leute zu belauern, um sich die Zeit damit zu vertreiben, sich über diese und deren Gewohnheiten aufzuregen. Hass und Missgunst waren ihnen fremd. Selbst Mischa war ausgeglichen und vermisste keineswegs die ruhige Langeweile vergangener Tage, in denen Galina den ganzen Tag hatte arbeiten müssen. Wenn Galina dabei war, verfolgte ihn nicht das anhaltende Gefühl, dass jeder es wagte, ihn aus seinem widerwärtigen schweißnassen nackten Gesicht anzustarren. Die Menschen sahen plötzlich weder ekelhaft noch gefährlich aus. Obwohl es nach wie vor Menschen waren. So lebten Mischa und Galina bloß unverschämt vor sich hin, ohne irgendwem darüber Rechenschaft abzulegen.

Zoo-Besuche

Vor vielen Jahren besuchte Paula zum ersten Mal den örtlichen Zoo. Da war sie gerade in die neue Stadt umgezogen und hatte sich überlegt, was sie dort unternehmen könnte. Der Zoo befand sich nicht weit entfernt von der Wohnung, die sie bezogen hatte. Paula war als Lehrerin in die Stadt versetzt worden. Ein Auto hatte sie nicht, und der Zoo war gut zu Fuß zu erreichen. Schnell entschloss sich die Lehrerin, eine Jahreskarte für den Zoo-Besuch zu kaufen. Oft ging sie nach der Schule zu den Tieren, um sich zu entspannen und von den Menschen zu erholen.

Der Besuch im Zoo, am liebsten dann, wenn nicht viele andere Menschen da waren und die Tiere sich zeigten, wurde ihr zur guten Gewohnheit. Jahr für Jahr hatte sich Paula eine neue Jahreskarte gekauft. Viel hat sich inzwischen in ihrem Leben verändert, aber Paula hat die Wohnung niemals gewechselt. So besucht sie nach wie vor regelmäßig den Zoo, obwohl sie jetzt Pensionärin ist und seit einem Jahr infolge einer Knie-Operation überhaupt nicht mehr gut laufen kann. Sie geht viel langsamer als zuvor und bleibt oft lange vor einem Tiergehege stehen. Zuerst hat sie sich eingeredet, dass sie nur ein wenig verweilen wollte, um ein Tier genauer zu beobachten. Schließlich musste sie sich eingestehen, dass ihr das Laufen schwer fiel. Gut laufen konnte sie seit Langem nicht mehr, schon vor der Knie-Operation. Die Beine schmerzten, und an manchen Tagen waren die Füße so dick, dass sie den Gedanken hatte, so müssten die Füße einer Wasserleiche aussehen. Trotzdem zog es sie zu den Tieren. Paula hat beschlossen, weiterhin keine Hilfsmittel zum Laufen zu nutzen, weil sie die Sorge quält, sie könnte so das selbständige Gehen endgültig verlernen. Auf einen Stock als hässliches Accessoire beim Laufen verzichtet sie gern. An einen Rollator möchte sie überhaupt nicht denken. Mindestens genauso stark wie die Furcht davor, mit Geh-Hilfen das Laufen schneller als ohne zu verlernen hält Paulas Eitelkeit sie davon ab, so etwas zu benutzen. Sie ärgert sich, wenn sie jeden Tag merkt, dass sie mit dem Alter schwächer wird.

Aber nicht allein ihr geht es so. Paula ist im Lauf der Jahre Zeugin davon geworden, wie viele Tiere alt und krank wurden und schließlich verstorben sind. Nur ob die Tiere sich auch ärgern, ob sie ein Bewusstsein dafür haben, dass sie schwächer werden – das vermag Paula nicht einzuschätzen. Vor Kurzem erst ist das letzte Shetland-Pony, das seit vielen Jahren zum Zoo gehört hatte, gestorben. Am Ende, und das Ende zog sich in die Länge, vermutlich mindestens ein halbes Jahr, sah das Pony bei jedem Besuch erbärmlicher, in seinen letzten Lebenswochen schon fast tot aus. Ein Jahr lang schien es teilnahmslos – als sei es dem Pony gleichgültig, ob es warm oder kalt draußen oder laut oder leise rundherum war. Das hat Paula endgültig den Eindruck verschafft, dass die Tiere vielleicht nicht viel anders als die Menschen sterben, wenn diese ihnen erlauben, alt zu werden. Wenn dementsprechend die Tiere nicht schnell aufgezogen werden, damit ihre Nutzer sie baldmöglichst schlachten und weiterverarbeiten können. Ein altes Tier, das mit Medikamenten versorgt wird, verhält sich wie ein Mensch beim langsamen Sterben, findet Paula. Es zieht sich erst zurück und wird in den letzten Wochen seines Lebens apathisch.

Es ist nicht erstaunlich, dass in den Jahren, die Paula regelmäßig den Zoo besucht, einige Tiere gestorben sind. Die meisten Tiere haben eine erheblich geringere Lebenserwartung als die Menschen. Allein zwei Schildkröten sind da, die nach Paulas Kenntnis auf jeden Fall älter sind als sie. Diese haben sowohl den Ersten als auch den Zweiten Weltkrieg überlebt. So alt kann ein Mensch nicht werden.

Einmal sind seltene Affen aus dem Zoo geraubt worden – vermutlich von irgendeinem hinterhältigen Geschäftemacher, dem das Wohl der Tiere vollkommen gleichgültig gewesen sein muss. Wer nachts in den Zoo eingebrochen war, um die Tiere zu stehlen, wurde nie ermittelt. Es war anzunehmen, dass derjenige für die seltenen und empfindlichen Tiere einen hohen Preis erzielt hat. Wenn der Zoo bloß mehr Geld gehabt hätte, um in die Sicherheit der Tiere zu investieren. Paula bedauerte die hilflosen Affen sehr. Der Diebstahl der Affen war der Zeitpunkt, zu welchem sie beschloss, ihr Erspartes dem Zoo testamentarisch zu überlassen. Vielleicht würde eines Tages ihr Vermächtnis dazu beitragen, dass kein Tier mehr gestohlen würde. Nachdem ihr diese Idee gekommen war, hatte Paula sofort einen Notar aufgesucht, um sicherzustellen, dass ihr Vermögen nach ihrem Tod dem Zoo zu Gute komme. Weit entfernte Verwandte, die als ihre Erben würden ermittelt werden können, sind ihr fremder als jede Fledermaus im Zoo. Warum sollten dann nicht Affen und Fledermäuse ihre Erben sein?

Ob es ihr nicht zu langweilig sei, den Zoo zu besuchen, weil schließlich die Tiere nichts zu erzählen haben, wird Paula oft gefragt. Es sei doch immer das Gleiche im Zoo. Anders als bei einem Haustier, sei es nicht einmal möglich, zu einem der zahlreichen Zootiere eine Beziehung zu entwickeln. Paulas ehemalige Kollegin Andrea, die jetzt ebenfalls Pensionärin ist und nur noch von ihren Enkelkindern erzählt, behauptet, dass sich kein Tier darüber freue, wenn Paula in den Zoo komme. Das sei mit den Enkelkindern ganz anders. Die fieberten dem Besuch ihrer Oma geradezu entgegen, meint Andrea. Paula sieht ein, dass Andrea Recht hat. Die Tiere sind sicher froh, wenn sie in Ruhe gelassen werden und nicht dauernd dem Geschrei und Lärm der sie beschauenden Menschen ausgesetzt sind. Es geht sogar das Gerücht um, den Tieren würden im Zoo Psychopharmaka verabreicht, damit sie sich ruhig verhalten. Zu Paulas Bekanntenkreis gehören einige Aktivisten, die ihr deshalb die Zoo-Besuche zum Vorwurf machen. Kürzlich hat Karl-Heinz gefragt, wie sie es verantworten kann, die eingesperrten, vielleicht künstlich ruhig gestellten Tiere regelmäßig zu beglotzen. Das macht Paula ebenso nachdenklich wie unglücklich, denn oft hat sie selbst schon darüber nachgedacht, dass es die Tiere sein soll–ten, welche mit Fotoapparaten ausgestattet werden, um die sie anstarrenden Menschen zu fotografieren. Das schließt sie selbst ein, denn auch Paula besucht den Zoo bloß, um die Tiere anzusehen. Auch sie hat von keinem Tier die Information erhalten, dass es sich dadurch nicht gestört oder belästigt fühlt. Paula betrachtet die Tiere nur sehr still und versucht, sich nicht ruckartig zu bewegen. Trotz guter Absichten: Die Tiere sind eingesperrt, Paula hingegen ist frei. Warum geht sie in den Zoo? Wie soll sie es Karl-Heinz erklären? Sie könnte sich natürlich ein Haustier kaufen, wenn sie Gesellschaft brauchte. Besser wäre es, findet Karl-Heinz, wenn sie eine der verlassenen Elendsgestalten aus dem Tierheim adoptierte. Aber Paula möchte kein eigenes Tier zu Hause betreuen. Von den einzelnen Tieren im Zoo erwartet sie nichts, und kein Tier im Zoo hat einen Anspruch an sie. Das ist der große Unterschied zu einem Haustier: Im Zoo verhält es sich so, dass beide nichts voneinander wollen und keine Erwartungen aneinander haben. So erklärt sich zumindest Paula ihre eigene Haltung. Aber es ist gewiss nicht so, dass die meisten Zoo-Besucher keine Erwartungen an die Tiere haben. Ganz im Gegenteil: Wütend und verärgert muss Paula oft beobachten, wie Menschen an die Scheibe bei den schlafenden Fledermäusen klopfen, um diese zu wecken und deren unmittelbare Reaktion nach dem Aufwachen zu sehen. Oder einfach nur, um sie zu quälen und zu stören. Dabei gibt es bei den Fledermäusen einen ausdrücklichen Hinweis darauf, dass sich hinter der Scheibe das „Schlafzimmer" der Tiere befinde und die Besucher darum gebeten werden, nicht zu klopfen. Manchmal sieht Paula, wie sogar Erwachsene den Tiger zu provozieren versuchen, nur weil sie sich genüsslich und überlegen in der Sicherheit wissen, dass das wilde Tier eingesperrt ist und keine Beute machen kann. Auch muss Paula von Zeit zu Zeit mit anschauen, wie Menschen die Affen ärgern, weil sie sich von denen eine lustige Reaktion erhoffen. Einmal wurde Paula Zeugin, als ein Schimpanse einen Jungen mit Fäkalien bewarf. Der Junge hatte lange vergebens vor dem Affen grimassiert und ihn angeschrien. Gut zwei Minuten hatte es ausgesehen, als ob der Schimpanse sich nicht aus der Ruhe bringen lassen und gar keine Reaktion zeigen wollte. Nachdem er sich endlich entschieden hatte, den Jungen für sein Geschrei und Gezappel mit Fäkalien zu bewerfen, zeigte der sich mit der erfolgten, zuerst vergebens provozierten Handlung wenig einverstanden. Paula dagegen erwartet nichts von den Tieren und lässt sie in Ruhe. Obwohl Paula alt und milde geworden ist – viele nennen es Altersmilde, während sie selbst es als beginnenden Altersschwachsinn bezeichnet –, wird sie sehr böse, wenn sie sieht, dass die gefangenen Tiere von anderen Besuchern geärgert und genervt werden.

Hinter der Scheibe sieht Paula die ihr wohlvertraute Gorilla-Familie. Anders als die Schimpansen werden die Gorillas mit einer Glasscheibe in ihrem Innengehege vor den Menschen geschützt – oder eben umgekehrt, das kommt wohl auf die Sichtweise an. Vor der Glasscheibe der Gorillas steht eine ganze Menschen-Familie, die sich schlecht benimmt. Die beiden Kinder, die vielleicht noch nicht zur Schule gehen, aber längst keine Kleinkinder mehr sind, schlagen pausenlos gegen die Fensterscheibe, hinter welcher die Gorillas sitzen. Sie hauen gegen die Scheibe und rufen, weil sie möchten, dass die Affen für sie nach vorn kommen und „lustig" sind, wie es sich für Affen gehört. Die Affen haben aber keine Lust, für die zahlenden Menschen irgendwelche Darbietungen zu geben. Die Menschen-Eltern greifen nicht ein, sondern ermuntern ihre Kinder weiter, die Affen anzupöbeln, welche sich nicht wehren können. Die Menschen-Familie benimmt sich immer lauter und auffälliger, so dass Paula sich nichts sehnlicher wünscht als dass die Erde sich öffne und diese Gestalten verschlucke. Jetzt treten die Kinder gegen die Scheibe, um von den Affen beachtet zu werden. Die Gorillas geben sich gelassen, als hätten sie es abgesprochen: Sie bleiben mit dem Rücken zur Menschen-Familie gewendet sitzen und ignorieren die

Provokation – bis die Menschen-Familie enttäuscht und weiterhin brüllend verschwindet. Der Familienvater schreit im Weiterlaufen: „Scheiße, ich will mein Geld zurück, wenn man die Tiere nicht mal richtig sehen kann!" Paula bleibt einige Minuten bei den Gorillas stehen, wenigstens so lange, bis sie das Menschen-Geschrei nicht mehr hört. Sie freut sich, dass die Gorillas sich wieder frei und entspannt bewegen. Nach und nach kommen sie nach vorn, wo jetzt alles ruhig ist. Gern würde Paula den Gorillas helfen und ihnen einen Sicht- und Hörschutz gegen störende Menschen schenken. Sie ist aufgeregt und wünscht der Menschen-Familie, dass sie als Nächstes die Schimpansen besucht. Weil es dort keine Glasscheibe gibt, werden diese Menschen einen ihrem schäbigen Benehmen entsprechenden Empfang erhalten. Wenn die Familie die Schimpansen so wie die Gorillas ärgert, werden die Schimpansen schnell mit Exkrementen auf sie werfen.

Oft kauft Paula Lose im Zoo, und sie freut sich, wenn sie einen bunten Bleistift oder ein Radiergummi gewinnt, weil es wohl angeboren zu sein scheint, dass selbst Leute, die nichts brauchen, sich über kleine Gewinne freuen. Wer etwas gewinnt, erlebt das Gefühl, etwas gut und richtig gemacht zu haben. Wenn auf dem geöffneten Los „leider verloren" steht, erzeugt das in der Regel keine gute Stimmung. Denn niemand wünscht sich zu verlieren. Paula wird aber nicht traurig, wenn für sie kein kleines Geschenk dabei ist, weil es in jedem Fall die Tiere sind, die bei der Los-Lotterie gewinnen. Der Ertrag aus den Losen kommt den Zoo-Tieren zu Gute. Ziel ist es, dass der Erlös des Losverkaufs mit dazu beiträgt, den Tieren neue, schönere

Anlagen zu bauen. Deshalb kauft Paula bei jedem Zoo-Besuch ein paar Lose. Genauso gut könnte sie das Geld spenden. Aber sie will sich die Freude an dem Loskauf nicht nehmen lassen – und vor allem nicht die Vorfreude darauf, ganz überraschend doch manchmal einen kleinen Gewinn mit nach Hause zu nehmen.

Vor dem Gehege der Lamas hängt ein Schild mit dem warnenden Hinweis, dass der Lama-Hengst beiße. Paula hat niemals gesehen, dass er einen Besucher gebissen hat. Es gibt aber das Gerücht, dass der Lama-Hengst, der auf den Namen Moritz hört, besonders gern Menschen bespuckt, die rote Kleidung tragen. Einmal ist Paula, inmitten einer Gruppe Schaulustiger, die sich vor dem Gehege der Lamas versammelt hatten, mit allen anderen Zuschauern zusammen bespuckt worden. Die Spucke hat für die ganze gaffende Menge ausgereicht, und Paula hat sich gleich auf der Toilette das Gesicht abgewaschen. Noch immer wundert sie sich darüber, dass Moritz mit einem Mal so viel Spucke auf so viele Leute völlig unvermittelt verteilte. Oft stehen Menschen vor dem Gehege und wünschen sich, dass er spuckt, weil es genau das ist, wofür Lamas bekannt sind. Moritz lässt sie warten und erweckt den Eindruck, nicht zu wissen, dass er ein Lama ist, das gern spuckt. Dann wiederum gibt es Tage, an denen er kauend weit entfernt vom Außenzahn seines Geheges steht und sich scheinbar nicht für die Schaulustigen interessiert – bis er blitzschnell und unerwartet nach vorn gesprungen kommt und einen überraschten Besucher bespuckt. In der letzten Zeit, so meint Paula wahrzunehmen, wirkt Moritz ein wenig apathisch. Er ist lange nicht mehr so aggressiv wie zuvor. Dann fragt sich Paula, ob es doch wahr sein kann, dass den Tieren

Psychopharmaka verabreicht werden, damit sie ruhiger werden, um die Menschenmengen, die Tag für Tag an ihren Gehegen vorbeiströmen, zu ertragen. Vielleicht aber wird Moritz auch nur älter.

Vor dem Gehege der Zebras sieht Paula ein stark übergewichtiges Pärchen, von denen kein Teil die dreißig erreicht haben kann. Im Vorbeigehen hört Paula den jungen, dumm aussehenden Mann seiner gelangweilten Begleiterin einen Witz erzählen: „Was steht in der Todesanzeige für eine Putzfrau?" Die Begleiterin weiß es nicht, und es scheint sie nicht ernsthaft zu interessieren. Dennoch brennt der junge Mann darauf, ihr die Antwort mitzuteilen. Es bricht hastig aus ihm heraus: „In der Todesanzeige für die tote Putzfrau steht: Sie kehrt nie wieder!" Er kann den Satz kaum zu Ende bringen, weil er so stark lachen muss. „Sie kehrt nie wieder! Sie kehrt nie wieder", wiederholt er zweimal laut, weil die erhoffte Reaktion seiner Begleiterin ausbleibt. Allein die Zebras erschrecken sich und laufen so weit in ihr Gehege hinein, dass sie nicht mehr zu sehen sind. Paula ist froh, dass die Zebras die Menschen nicht verstehen können. Für diese zwei Menschen hätte sie sich vor den Zebras geschämt.

Zur Autorin

Petra Fastermann wurde 1966 in Oberhausen geboren und lebt jetzt in Krefeld.

Sie hat bereits einige Bücher im Belletristik-Bereich veröffentlicht. Außerdem ist sie Autorin verschiedener technischer Fachbücher.